De Mythe van Kerst

Murielle Lucie Clément

De Mythe van Kerst

MLC

Van dezelfde auteur :

Crime à l'université
Lettres de Sibérie
Comment devenir proustien sans lire Proust
La fabuleuse histoire d'Amsterdam et des Pays-Bas

Editions MLC
Le Montet – 36340 Cluis

© MLC 2015
ISBN : 978-2374320182
November 2015

Aan vrienden

Inhoud

Inhoud

Proloog

Nadat ik een operaworkshop had gegeven voor gevangenen in het Huis van bewaring van Hauts de Seine, voelde ik de dwingende behoefte deze verhalenbundel over het kerstfeest te schrijven.

Een week lang werkten we met de muziek uit Carmen, de opera van Bizet en de presentatie van onze inspanningen vond plaats op 24 december in de namiddag. Na afloop, toen we uit elkaar waren gegaan, werd ik overweldigd door een neerslachtige bui. Niet alleen het idee dat ik deze mensen achter slot en grendel achterliet, maar ook het vooruitzicht het kerstmaal door te brengen met volslagen vreemden viel me zwaar.

Ondanks de warmte en het begrip, die uitgingen van mijn tafelgenoten voelde ik me meer verbonden met de groep waarmee ik zoveel muziek en emotie had gedeeld. Tot overmaat van ramp berichtte de televisie over een vliegtuigkaping, en werd de kerstnacht geteisterd door een hevig noodweer.

Bij terugkeer in mijn Amsterdamse appartement overheerste de droefheid, vol zware herinneringen aan kerst. Dat was het moment dat de donkere draaikolk van de creatie me brutaalweg naar binnen zoog. En nadat ik de stekker van de telefoon eruit getrokken had en me verschanst had in mijn slaapkamer, begon ik vol overgave te schrijven aan wat later *Dertien Kerstverhalen* zou worden. Ik wilde twaalf verhalen schrijven. Ze verschenen op mijn papier in minder dan twee weken. Gedurende die weken schreef ik aan een stuk door; af en toe sliep ik in voor één of twee uur, om bij het ontwaken mijn pen gelijk weer op te pakken. Toen ik mijn taak volbracht had telde ik echter 13 verhalen. U moet me niet vragen te vertellen hoe dat mogelijk was. Ik zou het niet weten!!

Plotseling waren ze daar, en elk van de verhalen verbeeldde een van die kerstfeesten die ik ooit heb mogen meemaken. Elk verhaal draagt een kern van waarheid in zich, essentieel voor elke taaluitdrukking. Voortgekomen uit de elkaar opvolgende herinneringen, vormen de vertellingen een eerbetoon aan de edelmoedigheid van hen, wie ik het voorrecht had op mijn levenspad te kruisen. Ze vormen een getuigenis van hun strijd om het bestaan. En of die strijd nou een succes of een mislukking is, laat haar in ieder geval niet tevergeefs zijn!

Toen de bundel af was, bleek duidelijk dat de verhalen een zekere kracht bezaten. Enkele vrienden spoorden me aan om er een uitgever voor te zoeken. Waarom het manuscript in vijf talen vertaald is? Om er één boek van te maken dat simultaan over de hele wereld gelezen kan worden! Omdat Europa in de 21e eeuw steeds meer vorm krijgt en wij met elkaar moeten communiceren om de mondiale catastrofe te voorkomen die ons allen bedreigt als we veronachtzamen er iets aan te doen. En voor die communicatie is de taal onontbeerlijk.

Deze bundel wil niet pretenderen de ultieme oplossing te zijn voor alle wereldproblemen, maar is veeleer een eerste steen voor de te bouwen brug over de kloof die ons van elkaar scheidt. Het kerstfeest zou het feest moeten zijn van de verzoening, laten we proberen dat vooral te blijven herinneren.

Murielle Lucie Clément

Ave Maria

_ Amen." lanceert de congregatie in echo naar de priesters, gehuld in hun ivoorkleurige kazuifel over een inkarnaten rok. Braaf in rijen op rieten stoelen, met de gepoetste schoenen naast elkaar plat op de grond, de handen stil op de knieën, met rechte rug, fris geschoren kin, heldere blik, glanzende haren en nauwelijks ademend, zijn hun ogen strak gevestigd op de aartsbisschop die de kerstnachtmis is komen celebreren.

_ Dominus Sanctus" reciteert hij met donkere stem.

_ Amen" wordt hem eenstemmig en aandachtig geantwoord.

Talloze weelderige kaarsen verspreiden een zacht licht dat langs de fresco's dwaalt in de beschaduwde uithoeken. De rode en blauwe flikkeren zwak in de vluchten van de armgebaren van wijde tunica's die doen denken aan de zeilen van fregatten waaraan bekoorlijke, mollige voeten ontsnappen met fijne tenen. Stralend door een innerlijke glimlach en omlijst door haardossen met weelderige linten vertonen de jeugdige gezichten hun smachtende blikken vol barmhartigheid. "Amen", lijken hun lippen, fijn omrand met karmijnrood, te prevelen. Het schitterende goud dat weerspiegelt in de schemering wekt de indruk van een wereld vol overvloed en vrolijkheid.

_ Ave Maria." Een engelenstem ontluikt. Zuiver bestormt ze de ogieven en teder slingert ze zich om de massieve zuilen. Liefkozend nestelt ze zich in de wierookvaten en verleidelijk weerkaatst ze op het koude marmer.

_ Gratia plena." Eén voor één bidt ze haar rozenkrans van mystieke syllaben. Onder het gewelf waar een sacrale stilte heerst, klinken de bladeren van de kroonluchters vrijwel onhoorbaar met elkaar en ondersteunen haar stem met hun kristalheldere noten.

_ Dominus Tecum." moduleert de maagdelijke soliste. Haar timbre voert moeiteloos de permutatie van vocalen uit, elk met liefde en precisie geciseleerd. De akoestiek weerkaatst ze van gewelf naar gewelf, tot aan de absiskapellen.

_ Benedicta tu." Om haar heen zet het koor uit volle borst de tegenzang in terwijl in het middenschip de gelovigen in een nauwelijks hoorbaar gefluister psalmodiëren.

_ In mulieribus" prevelt het kinderkoor, vibrerend in het het transept. "Cantabile" had hun dirigent hen onvermoeibaar en herhaaldelijk gezegd terwijl hij met een armzwaai de maat sloeg. "Cantabile" weerklinkt het in hun register, betoverend als een bronwaterstraal op het mos diep in het woud. De vloeibaarheid van hun klankexpressie komt als een waterval in vluchtige roulades neer, overspoelt het gebouw met een hemels lichtschijnsel dat met ruisende strelingen langs de bewerkte booglijsten stroomt.

_ Et benedictus fructus" wordt in één klanknuance ingezet, licht vibrerend van de nagestreefde zuiverheid. De gemeenschap valt in met een devote bezieling. Het gebrom van hun stemorgaan wordt met reine godsvrucht naar de gekruisigde Heer gezonden.

In het halfdonker, opgelicht door een teer schijnsel, hangt het kruisbeeld dat schittert met gebroken lichtstralen en een proliferatie van verstrooide, ruisende fonkelingen weerkaatst. Met het hoofd voorovergebogen op de schouder en de bebloede handpalmen ver, heel ver uitgestrekt van het bovenlichaam, ondersteunt Hij met moeite zijn verminkte lichaam dat gehuld is in een zilverkleurige lendedoek. De Verlosser kruist zijn voeten, vastgebonden met een koord dat om zijn enkels is geknoopt. Het gebogen voorhoofd draagt een kroon van diamanten doornen. Hij huilt tranen van vermeil, smaragd en bloed.

_ Ventris tui." Weemoedig zingen de kelen hun laatste trillers, zenden hun laatste, aanhoudende roep naar de dageraad die aanbreekt door de glas-in-lood ramen. Een doezelende tortelduif onderstreept met het discreet uitschudden van haar verwarde verenkleed de opperste stilte. Geleidelijk aan lossen de voluten van de muziek op in de wierookwalmen. Amen.

Het gekras van de stoelen die nonchalant over de tegelvloer achteruit worden geschoven, brengt de gelovigen weer terug op aarde. Hun schoenen schuifelen heimelijk over het grote, zwart-witte schaakbord en voeren hen onverbiddelijk naar het portaal dat wagenwijd is geopend. Tegen de heldere, azuurblauwe achtergrond, gekleurd door de lucht én de zee, veranderen hun gestalten in feeërieke schimmen. Half verblind door de plotselinge intensiteit van het licht blijven ze, gehuld in hun feestelijke outfits, aarzelend in het voorportaal staan. De vrouwen met hun hoog opgestoken kapsels in model gehouden door lak, pronken triomfantelijk met hun schitterende, opalen, ivoorwitte jurken met talrijke fladderende onderrokken die de kuiten strelen. Dit geritsel prikkelt het verlangen van de mannen die eveneens in het wit gekleed gaan. De welriekende bloemen van de gele iris stapelen zich op in hun armen en vermengen hun geur met die van de gevlochten rozenkransen. Gelach weerklinkt, vingers strengelen ineen, ogen lonken uitdagend en beloften worden gedaan om elkaar na de ceremonie te treffen. Een siddering vaart door de mensen. De bisschop en de soliste komen de kerk uit. Ze spreken zachtjes met elkaar. Ze kijken om, aarzelen en lopen een paar passen verder. Beiden blijven opnieuw stilstaan en knipperen met hun ogen tegen het felle licht. Dan is het moment aangebroken voor de maagd om een eerbewijs te brengen aan het licht. Op een verhoog dat gedragen wordt door mannenarmen, getooid in haar allermooiste kleding, steekt ze uit boven de menigte die vroom een kruis slaat. De reguliere tamboers slaan een oorverdovend ritme. Gehoorzaam zet de processie zich vloeiend in beweging en volgt de weg naar Pelourino. Op de klanken van de samba trekt Maria door de oude wijk. Zij die haar niet volgen werpen haar als offergave bloemen toe en van anderen krijgt ze kushandjes toegeworpen. Iedereen brengt haar eerbiedig hulde.

Het is al later op de dag en de warmte heeft de stenen verhit die meetrillen op het ritme van met de grote trommel. Een triangel klinkt luid en onvermoeibaar terwijl de trommelstokken de gespannen droge vellen er flink van langs geven. De hakken hameren ritmisch op de gewelfde straatstenen die doen denken aan de kale schedels van pasgeborenen. De vrouwen vertragen door het zweet dat ze lachend van hun voorhoofd vegen en verwensen de glimmende vernislaag van hun nieuwe schoenen. Eén vrouw durft zich als eerste te bevrijden van deze beknelling, al snel nagevolgd door haar andere vrouwelijke geloofsgenoten die blote voeten verkiezen boven het decorum van het feest. Het zweet parelt iedereen op het voorhoofd en maakt kringen onder de oksels. Nog even doorzetten en Maria zal zich tevredengesteld opnieuw voor een jaar terugtrekken in haar tabernakel van reinheid. De stoet zet zich schrap, klampt zich vast, bestormt de helling in een laatste stuiptrekking en stelt zich op in rijen op de treden die leiden naar de basiliek. De noodzakelijke plichten zijn volbracht. Iedereen stormt het uitnodigende kerkschip binnen en strekt zich schaamteloos uit op de wilgentenen stoelen. Sommigen waaien zich koelte toe met een missaal, anderen plukken aan hun kleding onder de olsels, trekken het tussen duim en wijsvinger van hun huid en wringen zich in allerlei bochten om een beetje frisse lucht te krijgen. Met een voldaan gevoel over hun volbrachte taak hijgen ze luidruchtig.

Maria, getooid met haar halssnoeren, is teruggeplaatst op haar vergulde sokkel. De klokken barsten los, geluid door enkele vrijwilligers die in de touwen hangen. Onder de gelovigen keert de vrolijkheid terug en in kleine groepjes trekken ze langzaam naar het strand, het centrum van de stad en velen naar Mercado Modelo, de haven waar de restaurants uitnodigend hun deuren hebben geopend. Daar zullen ze zich te goed doen aan vermiljoenkleurige krabben met enorme poten, genieten van varkenspootjes met bruine bonen, uitgebakken zwoerd met saffraan, geserveerd met rijst en likkebaarden bij de ragouts van rundvlees bereid met cassavemeel. Enkele paartjes vormen zich. Zij hebben andere verlangens.

Witte Kerst

De uitgestrekte witte vlakte schittert onder een strakblauwe hemel, egaliseert alle oneffenheden van het landschap en hult ze in een zacht wattendeken met een blauwachtige, op sommige plaatsen roze weerschijn. De jonge berkenstammen die dit jaar nog niet zijn gekapt verdwijnen uit het gezichtsveld en gaan op in het omringende decor. De oude bomen zijn in stukken gezaagd, gerangschikt in groepen van vijf, en vormen smetteloze stapels waarop zich slechts eksters en kraaien wagen.

Met zijn rug naar het bos gekeerd neemt Micha stralend dit winterse visioen met zijn ongerepte zuiverheid in zich op en uit zich hierover in een hoogdravende monoloog. De roerloze buitenlucht omhult hem met een vloeibare, glazen bel die zijn bewegingen volgt. In dit kristalglas reflecteert de lijn van de verre horizon waar zich van tijd tot tijd de flauwe contouren van een troep witte herten aftekenen.

_ Daarginds, daarginds" neuriet Micha in zichzelf.

Rechts van hem springt plotseling een zilverkleurige vos op, zich niet bewust van zijn aanwezigheid. Hij stort zich in een sneeuwtunnel, wild met zijn staart in de lucht zwaaiend. Micha wenst hem zachtjes een goede jacht. Hij weet hoe zwaar dit seizoen is voor alle levende wezens in het bos.

Na een nauwkeurige peiling van de lucht is hij ervan overtuigd dat de afgenomen storm de komende dagen niet opnieuw zal oplaaien. De temperatuur daarentegen zal zeker nog enkele graden dalen. Zijn ademhaling prikkelt zijn longen, zijn oogleden schrapen het hoornvlies, geen enkel overbodig woord komt meer over zijn lippen. Hij zal zich spaarzaam, behoedzaam voortbewegen, nauwgezet zijn krachten meten want ieder ondoordacht gebaar kan hem fataal zijn. Micha slaakt een zucht. Hij zet zich in beweging en trekt zijn slede volgeladen met houtblokken achter zich aan. De zachtpaarse sneeuw weerkaatst de oranje stralen van de zon die nog niet ondergaat. In het voorbijgaan opent hij enkele valklemmen en stopt zijn bevroren buit onderin zijn plunjezak.

Honderden, misschien wel duizenden ploeteren door de ijskoude modder bij de ingang van de houten barak. Hiermee ondergaat de bodem een transformatie waardoor het lijkt alsof de dooi is ingetreden. Geen enkel rumoer, geen enkel woord klinkt op uit de in lompen gehulde massa. In stille, geduldige afwachting staan daar de lichamen met hun lijkbleke gezichten, ogen die uitpuilen van angst, de oren gespitst in een poging om de stilte op te vangen. Gesterkt door de gedisciplineerde hoop op een hypothetisch rantsoen hebben ze zich opgesteld in een slingerende rij, ongeduldig en dicht op elkaar. Wanneer de deur eindelijk opengaat klinkt er een licht geritsel onder de mannelijke en vrouwelijke skeletten. De aanblik van de commandant vervult hen met een kortstondige, oncontroleerbare siddering. Van angst of van hoop? Niemand kan het met zekerheid zeggen.

Zijn gelaat wordt ingeklemd tussen de kraag en de wolfshuiden pet, de ogen zijn gefixeerd op de mensenmassa zonder hen te zien. Met een grijns van minachting stoten zijn gouden snijtanden het noodlottige bericht uit.

_ Geen proviand ! Vandaag niet, morgen niet !"
De woorden sterven weg, raken de sterk ondervoede lichamen. De spanning onder de menigte die het hoogtepunt bereikte bij het verschijnen van de officier, ebt weg. Een lange zucht van wanhoop ontneemt hen ieder vorm van

emotie. Een doorgeprikte illusie. Zij zullen vasten met Kerst.

Ondertussen, aan de rand van het kamp, in een hoek beschut tegen de wind en aandachtige blikken, blaast Micha in een vuurtje. Boven de roodgloeiende kooltjes, aan een kleine stalen spies, stooft langzaam een gevilde rat.

De Kerstboom

Verborgen achter de wolken ligt het druilerige weer op de loer, wachtend op een teken om te voorschijn te komen. Brandend van ongeduld tot het lichte briesje gaat liggen om deze te bestoken met een stortbui. Beschut achter het brede, glazen venster van de woonkamer wacht Bernadette, die druk in de weer is bij de haard, ongeduldig op haar jongste zoon Sylvain. Vandaag, eerste kerstdag, komt hij samen met zijn nieuwe vriendin eten. Ze had liever gezien dat hij op kerstavond was gekomen maar de enige manier om hem niet helemaal van haar te vervreemden was om hem vrij te laten. Gisteren had ze voor het eerst in haar leven sinds de geboorte van haar zonen genoegen moeten nemen met de aanwezigheid van haar oudste. De scheiding viel haar zwaar, ook al heeft ze daar niets van laten blijken. Te meer daar zij zich altijd verplicht voelde om zich groot te houden tegenover haar schoondochter, een Poolse die overduidelijk haar keuze heeft laten vallen op Olivier om haar problemen met haar visum op te lossen. Dit huwelijk was zeker niet gesloten als Aliona's papieren in orde waren geweest. Geen schoonmoeder, ook niet voor Olivier. In ieder geval niet op zo'n korte termijn en officieel via een huwelijk, en dan had zij, Bernadette, de regelmatige ontmoetingen met deze stugge, onaantrekkelijke vrouw met wie zij nog geen drie woorden kon wisselen, kunnen vermijden.

De moeder van Aliona is echt onmogelijk in de omgang. Altijd bezig haar dochter te veroordelen, haar te demoraliseren en het ergste van alles, tot Bernadettes grootste ergernis, onophoudelijk kwetsende opmerkingen te maken over Olivier. Deze worden door Aliona bovendien volledig en integraal aan hem gerapporteerd. Natuurlijk, het is waar dat Olivier niet perfect georganiseerd is, hij is jazzmuzikant; het leven is niet altijd even gemakkelijk voor kunstenaars. Toch gelooft ze in zijn talent. Vanaf jonge leeftijd heeft ze hem altijd gesteund. Ze is ervan overtuigd dat hij op een dag zal doorbreken en in staat zal zijn op eigen benen te staan. Pavla, Aliona's moeder, verwijt hem de hele morgen in bed te blijven liggen. Bernadette heeft geprobeerd via Aliona, die als onmisbare tolk fungeert, uit te leggen dat hij altijd al zo is geweest. Als baby al lag hij te soezen tot het middaguur en werd pas actief in de late namiddag. Volgens Pavla draait het om een gebrek aan discipline, de aard van een mens voordat hij zich vrijwillig gaat wijden aan de ontplooiing van zijn persoonlijkheid. Voor Bernadette is deze kwestie duidelijk: haar theorie is gebaseerd op het autoritaire regime. Diepgaandere discussies over dit onderwerp konden tot op heden vermeden worden aangezien zij geen woord Pools spreekt en Pavla vrijwel geen Frans.

Weloverwogen schikt ze de kleine en grotere houtblokken om en om. Gewoonlijk is het de taak van Sébastien om het haardvuur aan te maken, maar op dit moment is hij zijn moeder gaan ophalen die ook bij het kerstdiner aanwezig zal zijn. Niet dat Bernadette zo gesteld is op de oude dame maar omdat ze toch van tijd tot tijd moet worden uitgenodigd, waarom niet vanavond, dan is ze voorlopig weer van deze familieplicht verlost.

Bij de gedachte aan haar man moet Bernadette glimlachen. Ze houdt van de manier waarop hij haar zegt dat ze het verkeerd aanpakt, dat het vuur zich zo nooit kan verspreiden. Na twintig jaar huwelijk heeft zich een hechte band gevormd met vaste gewoonten, oprecht vertrouwen en zachtaardige repliek die hebben geleid tot de bestendige scharnieren van hun geluk. Wanneer zij haar blik laat dwalen door de kamer doet de jonge dennenboom aan het uiteinde van de tafel, een cadeau van Aliona's moeder, haar pijn in de ogen. Het geschenk weigeren zou tegen de regels van beleefdheid indruisen, net zomin als zij zou kunnen zondigen tegen de regels van gastvrijheid. Toch voelt ze dat deze vrouw zich op slinkse wijze weet binnen te dringen in haar privé-leven door zelfs een kerstboom mee te brengen uit Polen! Een bespottelijk symbool van haar intrede in hun gezin ! Overheerst door ingehouden woede heeft Bernadette toen een boom gekocht van drie meter. Pech gehad dat er een stuk vanaf gezaagd moest worden ! Zij is de vrouw des huizes. Dat Pavla Olivier 'mijn zoon' noemt verandert niets aan deze kwestie !

Met behulp van haar twee zonen heeft ze de boom opgetuigd, wat ze op geraffineerde wijze herhaaldelijk liet doorschemeren in de conversatie tijdens het diner. Hier kon Pavla moeilijk op antwoorden, zeker wanneer Aliona door onoplettendheid te kort schoot in haar plicht als tolk waardoor zij het gesprek niet kon volgen.

Bleven haar zonen maar altijd klein. En als ze dan toch opgroeien, dan in ieder geval zonder te komen aanzetten met schoondochters en schoonmoeders. Dan zouden ze één enkele boom hebben versierd, namelijk die van haar. Dan zouden ze kerstavond samen met haar en haar vrienden doorbrengen in plaats van God moge weten waar. Voortaan zijn ze afwezig tijdens de feestdagen en wordt zij geconfronteerd met de eenzaamheid, het lot van oudere echtparen. Ze komen in het gezelschap van vreemde vrouwen die moeten worden geïntegreerd in haar tijdschema.

Wanneer Sylvain en Sabrina binnenkomen trekt er een windvlaag door de kamer. Bernadette omhelst ze hartelijk en drukt ze tegen haar borst als krijgsgevangenen die terugkeren uit het vijandelijk kamp. Sabrina heeft geen enkele aandacht besteed aan haar uiterlijk en kleding.

Een rafelige zwarte kniebroek die ze altijd naar het gymnasium draagt, een trui zonder model in een onbestemde kleur en uitgelopen make-up rondom haar ogen die half verscholen gaan achter smoezelige, weerbarstige haarlokken. Maar wat haar het meest irriteert zijn haar bruine, met modder bedekte legerkisten die dapper en duidelijk zichtbaar het gebloemde tapijt betreden, hetgeen getuigt van een niet te betwijfelen provocatie en een totaal gebrek aan elegantie. Het voelt alsof haar tenen verbrijzeld worden door de lompe schoenen van het meisje.

Ze biedt een aperitiefje aan om de afkeuring die op het puntje van haar tong ligt te verdrijven, te verdringen. Ze biedt de keuze uit een kir met braambessenlikeur of champagne, ze brengt glazen en borrelhapjes. Wanneer iedereen is voorzien gaat ze zitten, opgewekt als een goede komediante. Ze aanvaardt de situatie en zal de schoenen mijden met haar blik.

_ Uw boom is afschuwelijk. Dat is toch geen manier om een kerstboom te versieren. Er hangen ballen in allemaal verschillende kleuren en de slingers vallen loodrecht naar beneden. Bij ons thuis draperen we alleen witte slingers in een cirkel om de boom en we hangen er slechts een paar kerstballen in, maar wel in één en dezelfde tint. En u heeft niet eens kerstverlichting, wat een troosteloos gezicht."

Bernadette is zo verbijsterd dat ze niet meer kan uitbrengen dan een zwak "Oh!". Aangemoedigd door het stilzwijgen van haar gesprekspartners gaat ze verder met haar oordeel:

_ En wat een lelijke slingers, helemaal aan flarden. Kijk die dingen daar in de hoek, wat is dat? watten? Sneeuwpoppen? Ze zijn oud, sjofel en verkleurd. Dat kan echt niet meer. Bovendien heeft u niet één maar twee kerstbomen. Het lijkt alsof u de doos met versieringen heeft omgekeerd boven de bomen, net zoals je doet bij het legen van een prullenbak. *Ze zijn zonder liefde opgetuigd.*"

Voordat Bernadette de kans krijgt het harde weerwoord uit te spreken dat in haar opkomt om haar ongemanierd af te snauwen en op haar plaats te wijzen, maakt Sébastien zijn entree. Hij komt als geroepen. Op diplomatieke wijze duwt hij zijn moeder voor zich uit de woonkamer binnen. Nog nooit was Bernadette zo blij om haar schoonmoeder te zien.

Het rode fort

Georges kijkt op. Hoog in de lucht cirkelen de roofvogels boven de stad. Ze houden het komen en gaan op de verkeersaders scherp in de gaten en zijn alert voor het kleinste teken dat kan duiden op een makkelijke prooi, eventueel voedsel. Hun aanwezigheid concretiseert een ondefinieerbare bedreiging die hem een drukkend gevoel geeft bij iedere stap die hij zet.

Aangekomen op het vliegveld werd al zijn kennis van de wereld, alles wat hij dacht te weten, weggevaagd door de relatieve werkelijkheid van dat moment. Zelfs de bus die zich slingerend voortbewoog over het verhitte asfalt paste niet in zijn belevingswereld. Men noemde het een bus, maar het was toch een ander soort voertuig. Zo één had hij nog nooit gezien. Het voertuig had wel degelijk vier wielen en een carrosserie, een stuur en waarschijnlijk ook een motor voor de aandrijving, maar daar stopte de overeenkomst.

"Welcome to Delhi, International Arrivals."

"Welcome to Delhi" aangegeven in uitnodigende hoofdletters, vormde een opmerkelijk contrast, een flagrante discrepantie met het tweede gedeelte van de tekst.

"International Arrivals". Zo vaak had hij dit gelezen in de vier uithoeken van Europa, maar de context was onherkenbaar ! Bij het zien van de golfplaten daken werd hij overrompeld, met stomheid geslagen over dit onthullende anachronisme dat als bij vergissing in de okerkleurige, geelachtige stofvlakte terecht was gekomen. Twee of drie uur waren verstreken vanaf het moment dat hij dit gebouw binnentrad tot het moment dat hij het verliet. Toch werden er geen ongewone formaliteiten in acht genomen. Hij moest zijn paspoort laten zien. Daar werden twee of drie stempels in gezet nadat hij had verklaard niets bij zich te hebben voor declaratie. De gang van zaken was in alle opzichten identiek aan de procedure op Charles de Gaulle, Leonardo da Vinci of Heathrow. Alleen de traagheid waarmee de handelingen werden verricht was verbazingwekkend. Dit was zijn eerste contact geweest met het heersende tempo van de stad.

Terug in de vrije wereld onderging hij een onbeschrijfelijke, ontstellende sensatie. Hij werd geprikkeld door een onbevredigde nieuwsgierigheid. December. Sneeuw en ijs, bontmantels en laarzen had hij achter zich gelaten. Hier werd hij verwelkomd door door de zon, korte mouwen, bloeiende bomen en gebruinde lichamen, ongewone voorstellingen die hem confronteerden met de eeuwige onbestendigheid van de onafwendbare klimatologische verschillen. Of hij nu een taxi of een riksja nam om op zijn plaats van bestemming te komen, overal op zijn weg trof hij uitgemergelde honden aan op zoek naar stinkende etensresten. Bovendien was er geen ontkomen aan de vaste gewoonte van het geven van fooi. Het onvoorstelbare probleem van de cultuurschok overviel hem, evenals de aanblik van de bedelaars die hij overal aantrof. Vrouwen met een vaalgrauwe gelaatskleur, gehuld in sari's, wiens kromme lichamen zich aftekenden in zedige sluiers. Mannen gekleed in voorouderlijke lompen waarvan onduidelijk was of het shorts waren of rokken. Negeren kon hij ze niet want zonder enige uitzondering hielden ze allen hun hand op voor een aalmoes. Hij was niet in staat hen die te geven zolang hij gevangen zat in het keurslijf van zijn Parijse gewoontes. Gehaast, altijd gehaast, teveel tijd verloren bij de douane ! Snel, snel ! Vluchten in een auto, een straatnaam roepen, in gedachten verzinken. Wat hij nog wel zag waren de heggen die vuurrood in bloei stonden. Dat was drie dagen geleden. Een eeuwigheid.

De hele morgen had hij rondgeslenterd en nu had hij een riksja genomen naar Lal Qila, het Rode Fort. Gisterenmiddag had hij het grafmonument van Gandhi bezocht waar hij geïmponeerd werd door de verhoging van zwart gepolijst marmer, bedekt met gele en oranje afrikaantjes. De meeste mannen droegen slingers om hun nek, van echte bloemen die kleurige strepen trokken over hun smetteloze, katoenen kostuums, onberispelijk gestreken en gesteven. Ze zetten hun woorden kracht bij door middel van gebaren, liepen in groepjes rond het mausoleum en keuvelden over de beurskoersen. Overal klonk gelach, meisjes waren aan het picknicken, ze openden manden, maakten luidkeels hun voorkeuren bekend en reageerden verrukt op de uitgestalde etenswaren, verpakt in veelzijdig gekleurd linnen.

De roze karmijnen muren van het fort die oprijzen aan het eind van de brede laan tonen de rechtschapenheid van de benaming. Na een slalom tussen de bezoekers en de pindaverkopers door, zet de riksjaloper Georges af bij de hoofdingang. Complete families zitten aan de voet van de vestingmuren. De macadam is hun woonplaats, een deken hun enige meubilair. Hun hele leven speelt zich af op deze enkele vierkante meters, verschillende generaties verenigd, met de warme lucht als hun enige bezitting. Hier betekent geen onderdak: op straat geboren worden, leven en sterven. Op het trottoir wordt gekookt, geslapen en gehoereerd. Alle onbeduidende maar ook alle belangrijke gebeurtenissen uit het dagelijkse leven spelen zich af onder het oog van iedereen. Intimiteit alsmede respect voor de medemens hebben plaats op een ander niveau.

Al sinds een hele lange tijd bevinden zich in het fort geen waardevolle kunstschatten meer.

Deze zijn verdwenen tijdens de talrijke plunderingen door roversbenden, door de opeenvolgende besturen en door Britse kolonisten. Toch kan Georges zich, temidden van de vervuilde ruïnes, een voorstelling maken van de oude pracht en praal die doorschemert in de overblijfselen die getuigen van een groots verleden. Hij laat zich meevoeren door de sfeer van de herinneringen aan de rijkdom, maar zijn geestdrift wordt getemperd door de waarneming van de huidige misère. Hij koopt een bosje pauwenveren waarvan de schittering doet denken aan de verdwenen juwelen van de maharadja's. Na het verlaten van de vesting slentert hij door de oude stadswijk.

Wanneer hij de grote Jama Mashid moskee nadert wordt de lucht verstikkend. Zijn reukorgaan wordt geteisterd door de penetrante geur van geiten, urine en uitwerpselen en zijn geest raakt beneveld bij de aanblik van de stervenden. Schuifelend loopt hij door, een pad op met goudgeel zand waar de lichamen zich komen verenigen met de dood.

Een man ligt naakt uitgestrekt, als een menselijk wrak gestrand op de oevers van het leven. Hij rochelt. Een weerzinwekkende borreling trekt in schokken door zijn buik, zijn lippen trekken zich krampachtig samen van de pijn, zijn ogen rollen onder zijn gesloten oogleden, neergeslagen van schaamte. De levensvonk in hem dooft langzaam. Zijn bedorven adem is een uitnodiging voor de greep des doods. Georges kan zijn blik niet afwenden van deze man die hem niet meer ziet, ondanks de zonnestralen op zijn gezicht waar nooit meer zweetdruppels zullen parelen.

De safierblauwe zee van licht overspoelt en verlamt het schouwspel met haar hoogmoedige en imperialistische stralen. De onverschillige massa tuurt naar de horizon en loopt achteloos langs de zojuist overleden man. Enkele baatzuchtige slenteraars haasten zich verder en beroven een stervende die in de karige schaduw ligt van een eucalyptus. Georges ontwaakt uit zijn verbijstering. Niets om hem heen doet denken aan de dag van Christus' geboorte.

Vlucht 7.45

Jean-Claude trekt zijn overjas uit en bergt hem op in de bagageruimte die overeenkomt met het nummer van zijn stoel. Hij gaat zitten, gespt zijn riem om en vouwt zijn krant open. Eindelijk kan hij zich ontspannen. De race tegen de klok is gewonnen, kerstavond zal hij doorbrengen met zijn gezin. Vier dagen rust in het vooruitzicht die hij geheel zal wijden aan Hélène en de kinderen. Een piepklein dennenboompje, versierd met helderrode en goudbruine miniappeltjes, herinnert hem eraan dat het Kerst is. Een dikke, blonde dame, warm gehuld in een nertsmantel, doet haar intrede in het middenpad. Met een hoog stemmetje laat zij haar afkeuring blijken tegen niemand in het bijzonder. Met levendige, demonstratieve gebaren van haar gezwollen handen, geaccentueerd door de flitsende schittering van haar ringen, zet ze haar idiote gebazel kracht bij. De stewardess kent dit soort types en maakt zich daarom niet druk. Onverstoorbaar, met een gedienstige glimlach op haar gezicht, hoort ze haar geduldig aan. In geen geval de passagiers tegenspreken. Jean-Claude observeert dit fenomeen dat hij meent te herkennen.

De ogen zijn opgesmukt met valse wimpers, aangedikt met mascara, en vergroot door de aanbreng van een dikke laag oogschaduw die op zijn Egyptisch is doorgetrokken tot aan haar naakte slapen. Ze draagt het haar in een dikke wrong die lijkt te beginnen bij haar voorhoofd. Een schildpadden sierkam, ingelegd met talrijke diamanten, verraadt haar Andalusische afkomst. Haar jukbeenderen zijn sterk geaccentueerd met een laag rouge. Haar purperrode lippen articuleren overdreven en masseren intensief en onophoudelijk haar gebit.

_ Welnee juffrouw, dat moet een vergissing zijn. Ik rook niet."

De jonge vrouw herhaalt zonder enige blijk van irritatie dat de stoel van mevrouw, ondanks de aanwezigheid van asbakken, zich bevindt in de afdeling niet-roken.

_ Bovendien is meneer de enige andere passagier." zegt ze met een vriendelijk knikje gebarend naar Jean-Claude.

Gerustgesteld, na een bevestigend teken aan het adres van een denkbeeldige entourage, is de laat gearriveerde vrouw bereid haar bontmantel uit te trekken, daarbij geholpen door de nog steeds glimlachende stewardess.

De reden voor deze opschudding blijft onduidelijk voor Jean-Claude die zich weer op het artikel concentreert. In gedachten beproeft hij deze korte vakantie. Zoals gewoonlijk ervaart hij het holle gevoel in zijn maag wanneer het moment van opstijgen nadert. Het enorme aantal vluchten dat hij reeds heeft gemaakt verandert daar niets aan.

De motoren beginnen te razen. Hun schelle geronk dringt door tot in de cabine. Onder de vleugel ziet hij de startbaan steeds sneller aan zich voorbij trekken, zijn rug wordt dieper in de rugleuning gedrukt. Hij stopt met lezen om te voelen hoe het toestel zich opricht terwijl de spieren in zijn dijbenen zich spannen. De wielen laten los van de grond. Het vliegtuig begint te stijgen. Hij zal pas rust hebben wanneer de juiste hoogte is bereikt om op kruissnelheid te vliegen. Tot dan zal de lethargische koortsigheid die hem reeds overvalt niet verdwijnen.

Het plotseling ontspannen van zijn spieren geeft hem te kennen dat de gewenste hoogte is bereikt. Instinctief hervat hij zijn lectuur en zoekt de draad van het verhaal tussen de in zinnen afgedrukte letters. Hij aanvaardt een glas champagne dat hem gracieus wordt aangeboden maar weigert beleefd het plateau met verleidelijk opgediste hartige hapjes. Hij houdt niet van kaviaar. Rode of zwarte, hij kan niet tegen die korrelige vissmaak.

Van verre dringt het gebabbel van de blonde dame tot hem door. Met gesloten ogen is hij zich bewust van de steward die zijn krant opvouwt en zijn benen bedekt met een dunne plaid.

Hij wordt door een schreeuw opgeschrikt uit zijn slaap. Voor hem staat een onbekende man met een revolver op hem gericht. Hij beveelt hem op te staan. Overhaastig gehoorzaamt hij. De vreemdeling fouilleert hem, checkt onder zijn stoel en duwt hem vervolgens met bruut geweld weer terug op zijn plaats. De platinablonde passagiere is verdwenen. Een tweede gewapende man verlaat de cabine en loopt naar de cockpit. Enkele rijen verder ontdekt hij op de grond het lichaam van zijn buurvrouw. De nek waaraan spiraalvormige haarlokken springend ontsnappen is een teken dat het onherstelbare zich nog niet heeft voltrokken.

Een andere man die net is binnengekomen en gefouilleerd wordt wisselt enkele woorden met hem in een taal met vreemde keelklanken waarvan de betekenis hem geheel ontgaat. Een derde handlanger schuift het gordijn opzij en komt binnen. Hoeveel zijn het er ? Buiten zijn gezichtsveld voeren ze op fluistertoon een conversatie. Hij blijft oplettend toekijken, ook al had hij het liefst zijn ogen gesloten.

Met gespitste oren vangt hij raadselachtige flarden van het gesprek op. Is het een goed of slecht teken dat hij nog steeds op zijn plaats zit ? Hij probeert de situatie te analyseren maar hij heeft geen referentiekader. Hij vervloekt zichzelf nooit het officiële rapport te hebben gelezen over een vliegtuigkaping. De waarheid spreekt immers voor zich. Ze zijn slachtoffer van een groep terroristen of gangsters. Heimelijk werpt hij een blik op de wijzerplaat van zijn horloge. Een half uur geleden had de afdaling naar Charles de Gaulle moeten worden ingezet. Hij heeft geen flauw idee waar ze zich bevinden. Wat hij nu nodig had was een kompas en geen horloge. De wolken die prachtig belicht worden door de zonnestralen vormen geen goede indicatie om te bepalen op welke breedtegraad of hoogte ze zich bevinden, in ieder geval te hoog voor een spoedige landing. Uit de stand van de zon kan hij afleiden dat ze niet van richting zijn veranderd. Het vliegtuig zwenkt naar links zonder vaart te minderen want de cabine trilt hevig. Zou een andere piloot het hebben overgenomen ? De deur achter in het vliegtuig wordt geopend. Met de polsen vastgebonden achter op de rug en vooruitgeduwd door de loop van een revolver komen de steward en stewardess tussen de rijen sloelen door naar voren. Op dit moment besluit de vrouw van de bontmantel moeizaam overeind te komen. Ze slaakt een kreet van ongenoegen bij het zien van het gerichte wapen en begeeft zich wankelend in de richting van het zwarte oog, zich niet storend aan het geschreeuw in het Engels. Zich met beide handen vastklampend aan de rugleuningen nadert ze de groep aan de andere kant van het vliegtuig. Met een duidelijk gebaar om zijn bevel te benadrukken gebiedt de man haar om stil te blijven staan.

Haar kaken zijn opeengeklemd, besmeurd met rood kwijl, en haar grauwe wangen zitten onder de zwarte strepen. Ze heeft geen oog meer voor hem en zijn dodelijke leger. Haar realiteitszin heeft haar geheel in de steek gelaten. Haar geest doolt rond in contreien waar geen enkel woord haar meer kan bereiken.

Jean-Claude kan zijn blik niet van het schouwspel afwenden. Met opengesperde neusgaten haalt hij binnensmonds adem, zijn tanden zo strak op elkaar geklemd dat ze één voor één kunnen afbreken. Een gruwelijk scenario, hem onbekend maar tegelijk ook bekend, speelt zich af onder zijn ogen en hij is niet in staat er ook maar het kleinste detail aan te veranderen. In zijn hoofd barsten het geluid van een knallende champagnekurk en de dierlijke schreeuw van de blonde dame gelijktijdig los.

Het gezicht misvormd door een krampachtig vertrokken mond als van een verbeten beest, stort ze zich met een sprong op het ronde oog dat op haar is gericht. De woedende vlam spuugt een vernietigende kogel uit die haar met volle kracht neermaait. De haarwrong ontrolt zich, de plukken laten los en vallen zwaar en geruisloos neer op de afgezakte schouders. De tijd valt uiteen in kleine transparante belletjes die zich langzaam voortbewegen in de sfeer des doods. Ze draaien in ruime banen om hun as, verstikken de stilte en verstarren kortstondig van afgrijzen. Onmerkbaar kleuren ze roze in een bloem met fijne blaadjes die de albasten, gerimpelde huid van het grote voorhoofd bepoederen met karmijn. Van razernij spatten ze uiteen op de tonen van de val en verdwijnen razendsnel via de groeven de eeuwigheid in.

Sprakeloos stappen de steward en stewardess over het lijk en verdwijnen in de cockpit. Vol verbijstering realiseert Jean-Claude zich dat hij de dikke dame niet meer zal horen jammeren en tieren. Haar lichaam dat op het geruite, kobaltblauwe tapijt ligt is voor hem een overduidelijk teken. Hij vreest het ergste.

De moordenaar komt alleen terug en zonder een woord te zeggen plaatst hij het metaal tegen de slaap van de onbeweeglijke Jean-Claude die oog in oog staat met het onontkoombare noodlot. Een purperen appel valt uit de boom en rolt tot aan zijn voeten waar het stil blijft liggen tegen de rand van zijn schoenzool. Verbouwereerd en sprakeloos kijkt hij ernaar, wezenloos en met schele ogen ziet hij de glans op de rondingen. Hij is verbaasd over de schakering van de kleuren die uitlopen in spikkels met een oud goude nuance. Voordat de bliksemflits hem voor eeuwig en altijd zal verwarmen ontstaat er in zijn geest een heldere en besliste gedachte. Wanhopig ademt hij uit. Opnieuw een Kerst die hij niet met Hélène en de kinderen zal kunnen doorbrengen.

24 December

Ik zie hun hoofden boven de ligusterheg voorbijkomen. Mijn oom loopt heldhaftig over het pad, mijn tante volgt hem als een goed soldaat op de voet. Heel even verdwijnen ze uit mijn gezichtsveld door de pilaar van de toegangspoort. Met wijdopengesperde ogen probeer ik de draaibeweging van de deurknop te vangen, het doorslaand bewijs dat ze zijn gearriveerd; vreemden zouden eerst aanbellen. Alleen familieleden openen rechtstreeks de deur. Deze blijft eerst klemmen op een kier, schuift een sneeuwlaag weg en zwaait dan wijdopen. Op de drempel staat het verwachte echtpaar. Voor mij verschijnen eindelijk in levenden lijve mijn oom Victor en mijn tante Lucette.

Ik negeer het bevel van mijn moeder om iets warms aan te trekken en snel ze tegemoet. Het zijn mijn lievelingsoom en lievelingstante. Nooit behandelen ze me als een klein meisje, nooit zeggen ze: "Wat ben je groot geworden" of "En hoe gaat het op school ?" Ze beschouwen me als hun gelijke en we voeren echte conversaties. Sneeuwvlokken dwarrelen in de koude nacht en kietelen mijn wangen met hun ijskoude kusjes.

_ Ga snel naar binnen, anders vat je kou." zegt mijn oom terwijl hij me omhelst. Ik streel de donkerrode mantel van mijn tante. Hij is zacht, net zoals zij.

_ En het eten, hoe staat het daarmee ?"
Mijn tante kust mijn voorhoofd en barst in lachen uit.

_ Wat dat betreft kun je vertrouwen hebben in Mama, dat weet je ! De hele week is ze de keuken niet meer uitgeweest !"

_ Dat belooft dus een heerlijke smulpartij !"

_ Natuurlijk ! Maar pas na de nachtmis. Dit jaar is het vastbesloten. Iedereen is het ermee eens. Eerst naar de kerk, daarna het feestmaal."

_ Zo, dan hebben we alle tijd om er smachtend naar uit te kijken !"

_ Welnee ! Maak je geen zorgen. Er zijn borrelhapjes."

_ Dat is onze redding !"

_ Ik had je toch gezegd niet naar buiten te gaan op je sloffen !" moppert mijn moeder half serieus vanuit de deuropening naar de keuken. Ik antwoord vinnig dat ik een sjaal om mijn schouders had geslagen. Vandaag is het een feestdag. Wetende dat ze me nooit zou slaan in het bijzijn van haar jongere zus kan ik deze gelegenheid aangrijpen om de grens van gehoorzaamheid te overschrijden zonder het risico te lopen op veelbetekenende strubbelingen.

Ik bewonder mijn oom die zijn overjas uittrekt en de elegantie toont van zijn donkergroene kostuum. Ik had graag gewild dat hij mijn vader was ! Hij is een echte man. Hij heeft een goed verzorgde snor die zijn bovenlip een eeuwige glimlach geeft. Zijn zwarte haar met een mooie slag zonder zichtbare scheiding en glanzend van de brillantine loopt door in korte bakkebaarden die zijn jukbeenderen sieren. Ik ben trots op hem. Hij heeft altijd weer nieuwe, opwindende bezigheden. Laatst heeft hij twee paarden gekocht, uitsluitend voor het plezier om ze te zien ronddartelen in de wei. Ik hou van de manier waarop hij zijn auto bestuurt en bovendien neemt hij me vaak mee de bossen in. In de maand mei laat hij me de geheime plekjes zien waar de cantharellen, morieltjes en lelietjes-van-dalen groeien. In de zomer traceert hij de sporen van het wild waar hij in de herfst op jaagt. Ik hou van de levenslustige bedrijvigheid die hem omringt tijdens de jacht en het is geweldig om te zien hoe zijn goed afgerichte honden meteen reageren op het kleinste fluitsignaal.

Ik weet dat hij per keer nooit meer dan één exemplaar afschiet, dat de jacht voor hem vaak niet meer dan een voorwendsel is om lange zwerftochten over het platteland te maken. Op een dag heb ik dit allemaal duidelijk ingezien zonder dat hij het me heeft verteld. Ik zag hem de veren gladstrijken van een fazantenhen die één van zijn honden had geapporteerd. Hij was weliswaar degene die haar had gedood, maar hij streelde liefkozend de hals, rangschikte de in de war geraakte donsveren en stopte haar toen in zijn weitas. Een andere keer zag ik hem en zijn partner aangeslagen omdat hij per ongeluk een vrouwtjeshaas had geschoten die nog jongen voedde. Ze dachten aan de jonge konijntjes die ze niet konden redden omdat ze niet wisten waar hun hol was. In mijn ogen was mijn oom een echte held, oprecht, sterk en met een klein hartje.

Mijn vader is heel anders. Ondanks zijn opschepperige gedrag is hij bang voor geweren.

Hij weigert deel te nemen aan de jacht en bekritiseert het plezier van anderen. Aangespoord door mijn moeder is hij onlangs gaan vissen. Ik begrijp hem wel, dat is minder gevaarlijk.

Mijn vader daarentegen verdient erkenning als kampioen in het openen van oesters en de maaltijden aan het einde van het jaar vormen zijn terrein waar hij heer en meester is. Met een groot marineblauw schort om blijft hij onoverwinnelijk. Niet één van mijn ooms trekt zijn superioriteit in twijfel. Zelfs mijn oom Totor kan zich niet meten met mijn vader in de competitie wie het snelst de oesterschelpen kan laten openspringen. Het lemmet wordt in een opgespoorde spleet gestoken en door hier druk op uit te oefenen scheidt hij de twee schelpen van elkaar zonder ook maar één barst te veroorzaken. Mijn moeder bloost van plezier wanneer haar echtgenoot alle andere deelnemers overtreft in snelheid. Zijn bord wordt in een razendsnel tempo gevuld. Mijn vader is niet alleen de snelste. Hij rangschikt zijn schelpen in de vorm van een waaier en sorteert de tapijpschelpen, venusschelpen en Bretonse oesterschelpen op kleur. Verder voegt hij er nog garnalen, mossels, langoustines en alikruiken aan toe en dan kondigt hij trots aan dat zijn bord met schaal- en schelpdieren gereed is. Mijn vader is een kunstenaar.

Terwijl de mannen voor één dag schaaldierenspecialist spelen en de vrouwen enkele recepten uitwisselen en intussen de laatste hand leggen aan de gerechten krijgen wij, de kinderen, de taak om de tafelloper te decoreren. Met kinderen doel ik op mijn nicht Josiane die twee maanden ouder is dan ik en daarom vindt dat ik haar moet gehoorzamen; haar broer, mijn neef Gérard, bijgenaamd Ninou; mijn zes jaar jongere zusje met wie ik niet veel gemeen heb vanwege ons leeftijdsverschil, en ikzelf.

Mijn nicht Josiane heeft de leiding genomen van de onderneming. Ze is jaloers omdat ik kaarten heb gemaakt die je open kunt vouwen met aan de ene kant een tekening van de kerstman en aan de andere kant het menu, geschreven met gekleurde inkt in mooi kalligrafisch schrift. Op de voorkant heb ik onder de naam van de genodigde dennennaalden geplakt in de vorm van een boom. Ik weet zeker dat iedereen verrukt zal zijn over mijn creatie.

Om haar afgunst te verbergen probeert ze een verrassende tafelloper te bedenken, versierd met linten, dennenappels, takken en kaarsen die de borden omlijsten. Het tafellaken verdwijnt onder de wanorde van gebladerte waardoor mijn kaarten vrijwel geheel uit het zicht verdwijnen. De kleintjes die zich verveelden hadden ons al vroegtijdig alleen gelaten om zonder toestemming in een hoek van de kamer een doos chocolaatjes open te maken en op te eten. Verwikkeld in onze concurrentiestrijd vergeten we hun misdrijf aan de keuken te melden, wat zeker zou hebben geleid tot een afstraffing. Ze profiteren hiervan door zich vol te stoppen met heerlijkheden en dat is te zien aan hun snoetjes die onder de chocola zitten. Ze trekken de stoute schoenen aan en bieden ons een bonbon aan waarmee ze ons medeplichtig maken aan hun kruimeldiefstal.

Wanneer ik de menukaartjes in de glazen heb geplaatst zodat ze goed in het oog springen, verklaar ik de decoratie beëindigd. Op het laatste moment geklopt had Josiane graag nog enkele wijzigingen aangebracht in de schikking van de takken, maar de volwassenen keren terug uit de keuken en reageren enthousiast op onze artistieke creatie. Door dit gedeelde en welverdiende succes verzoenen we ons met elkaar.

Na het aperitief en de gezouten petit-fours wordt er niet meer gesproken over de nachtmis. Het onderwerp van gesprek is om aan tafel te gaan, wat we dan ook doen. Mijn hart krimpt ineen van teleurstelling. Weer zal ik niet weten hoe het is om de kerstnachtmis mee te maken waar men ieder jaar hartstochtelijk over praat. De onthulling die zo dichtbij was en waar ik intens naar had uitgekeken smelt weg in het geroezemoes van de conversatie en wordt opnieuw minstens een jaar uitgesteld. De enige misdienst die ik ken is die van de eerste communie van mijn nichtje. Zij was toen de koningin van het feest, samen met nog honderden anderen in het wit gekleed, welteverstaan. Toch had ik die glorieuze dag graag in haar schoenen gestaan. Van alle genodigden ontving ze geweldige en verrassende cadeaus. Mijn moeder, haar peettante, gaf haar een gouden horloge, iets wat ik, haar eigen dochter, nog nooit van haar heb gekregen. "Dat komt omdat jij je communie niet hebt gedaan" was haar verklaring. Wiens schuld was dat ?

Op tafel hebben de schotels met schaaldieren plaats gemaakt voor de hors d'œuvres. Op een bedje van macedoine staan hardgekookte eieren, afgedekt met een halve tomaat die besprenkeld is met mayonaise. Het geheel doet denken aan amanieten. De toefjes kroeze peterselie lijken sprekend op een mostapijtje. Tomaten in de vorm van een mandje zijn overvloedig gevuld met allerlei fijngesneden groenten. Op de grote schalen met charcuterie zijn de plakjes gekruide worst gerangschikt als bloemblaadjes die grote bloemen vormen met in het hart een schijfje mortadellaworst. De artisjokkenbodems worden omringd door waaiervormige schijfjes augurk en de driehoekige bruine broden, opeengestapeld in piramides, versieren de vier uithoeken van het tafellaken. Er worden celvormige borden op tafel neergezet met gloeiend hete slakken die bestrooid zijn met peterselie.

_ We moeten ze meteen eten voordat ze koud worden."

Iedereen krijgt een rond bord aangereikt.

_ Bij slakken hoort wit brood."

_ En witte wijn zeker ?"

Iedereen barst uit in schaterlachen. Het eetfestijn is begonnen.

_ Ze zijn heerlijk je slakken." constateert mijn oom Guy.

Het vonnis is uitgesproken. Guy, bijgenaamd Popje vanwege zijn blauwe ogen en expert op dit gebied, heeft gesproken. Twee gerechten dienen zijn goedkeuring weg te dragen om een diner geslaagd te mogen noemen: de slakken en kalfskop in vinaigrettesaus. Mama zegt dat dat komt omdat hij in zijn jeugd de armoede heeft gekend en deze twee gerechten nog steeds een delicatesse voor hem zijn.

Iedereen in de familie heeft zijn culinaire specialiteit. Voor mijn tante Lulu, officieel Lucette genaamd, is dat zuurkool. Ze bedekt de bodem van de stoofpan, die absoluut van gietijzer moet zijn, met zwoerd en vult deze met laagjes rauwe zuurkool, niet gewassen maar slechts gespoeld in een zeef, afgewisseld met vlees en in het midden een geschilde renetappel.

Mijn tante Julienne, de oudste van iedereen, troont aan het hoofd van de tafel. Zij is de koningin van de cassoulet. Ze is geboren in Castelnaudary, vlak bij Toulouse, en dat verklaart haar specialiteit. Om niet onder te doen voor de rest heeft haar echtgenoot, mijn oom José, zich gespecialiseerd in konijn, wild konijn maar dat spreekt voor zich, met cantharellen. Niet zomaar een paar om de saus te verfraaien, maar bij wijze van groente die hij bakt in de jus van mager gerookte spekreepjes.

Mijn tante Suzon, de moeder van Josiane en Gérard, heeft aanleg voor alles wat omhuld is met bladerdeeg, en desserts. Haar gevulde pasteitjes zijn beroemd, dat spreekt voor zich. Ik vermoed dat mijn oom, om ook een prestatie te leveren in de volgorde van de gepresenteerde gerechten, uitblinkt in vruchtenbrandewijnen. Kersen, bramen, perzikken, zwarte bessen, druiven, hij heeft alles min of meer succesvol geprobeerd, maar zijn bigarreaus hebben de algemene goedkeuring van de familie verworven.

Mijn oom Victor is een ster in het op de traditionele manier bereiden van in eigen vet ingemaakt gevogelte. Zelfs mijn tantes benijden hem om zijn meesterschap op dit gebied. Mijn moeder is niet erg bekwaam in patisserieën wat ik ten zeerste betreur, maar haar vleesgerechten en in het bijzonder haar gebraden zijn altijd precies gaar, wat voor mijn vader een stimulans was om zich toe te leggen op de kalfsragout in witte wijn met aardappelen. Een geheel zelfverzonnen recept. Maar deze opsomming zou niet compleet zijn zonder de coq-au-vin met spekreepjes en gepocheerde eieren van mijn oom Charles.

Bij ons bestaat een familiediner niet alleen uit het smullen van de opgediste gerechten, maar we laten ieders recept de revue passeren waardoor we dubbel genieten. Wanneer de boudins blancs zijn verslonden en de borden uitgeruimd is het moment aangebroken om de kalkoen op te dienen.

Omringd door kastanjes prijkt ze op haar ovalen, zilveren schaal met de vergulde handvaten. In onze familie wordt gevogelte aan tafel getrancheerd. Geen stukje wordt verspild. Met een speciale schaar wordt het knapperige vel opengeknipt en de roze jus sijpelt traag uit het mishandelde vlees.

_ Gaar !" luidt het algemene oordeel.

Dan volgt een discussie over de verschillende eigenschappen van de vullingen die jarenlang zijn gebruikt en over de vraag of men voor de afwisseling volgend jaar met Kerst niet beter een gans zou kunnen braden. Deze mogelijkheid moet serieus worden overwogen, ook al is een gans natuurlijk wel vetter dan een kalkoen. Eén ding is zeker, er zal nooit meer parelhoen worden opgediend omdat men vond dat het vlees te droog was. Alles welbeschouwd blijft de kalkoen op het menu staan. Hij biedt namelijk aanzienlijke en onmiskenbare voordelen; één daarvan is dat hij 'een echt kerstgevoel geeft'.

Een geijkte uitdrukking gebezigd door ons allen: dat geeft wel of geen kerstgevoel. Daarom doen we ieder jaar opnieuw onze uiterste best om, ook al wordt het nauwelijks aangeraakt, na de hoofdschotel rond te gaan met het kaasplateau, gevolgd door licht exotische vruchtensalades met tot slot een kerststol en niet te vergeten de ijsjes. De kerststol valt bij niemand in de smaak maar geeft wel dat speciale kerstgevoel. Wij zijn onverbeterlijke stijfkoppen en niets kan daar verandering in brengen, zelfs niet de vieze smaak van dit traditionele kerstgerecht.

Enkele uren later, als het geraamte van de vogel en de overige restanten die drijven in de grote slakommen in de bijkeuken zijn gezet, verschijnt de koffiekan op het tafellaken dat onder de vlekken zit. Dit is mijn favoriete moment, met verhalen en liedjes, iedereen zingt of vertelt iets. Allemaal stribbelen we wel een beetje tegen, meer voor de vorm, uit een soort van beleefdheid, maar niemand zou zijn beurt ter ere van de romance willen missen. Ook de kinderen niet. Wij mogen op een krukje gaan staan voor ons moment van glorie dat we onder applaus ontvangen. Alle genres zijn toegestaan. Er wordt gemoduleerd, luidkeels gezongen of gefluisterd, afhankelijk van ieders stemming en talent. Met zwakke stem wordt vervolgens elk jaar weer door één van ons 'Petit Papa Noël' ingezet en de rest van het gezelschap luistert met volle aandacht. Dit is het signaal. In een onbeschrijfelijke regelmaat die onverklaarbaar is en zonder enig overleg, zingen we 'Het kindje Jezus is geboren' en 'Stille Nacht'. Dat geeft pas een echt kerstgevoel !

De merrie

Jacques berijdt zijn merrie aan de rand van het bos tussen de wei en de tra. De zonnestralen worden meegevoerd door de wind en kleuren het gras met hun lichtbundels. Hij kijkt omhoog en snuift het briesje dat door de dicht bebladerde takken waait op. Hij spoort zijn paard aan. De bomen die ze passeren worden steeds schaarser tot ze helemaal verdwijnen en het goudgele gras verschijnt dat doorbuigt wanneer het paard voorbij galoppeert. Zijn rijdier schudt de hals met de wilde manen en hij ademt de scherpe en tegelijkertijd zoete geur in. Lenig kromt hij zijn bovenlijf en klemt zijn kuiten tegen de trillende flanken. De merrie verzet zich, steigert en duikt terug in het met bloed bespatte graangewas. Hij versnelt het tempo, met zijn knieën tegen de schoften geklemd, losse teugels en zijn blik strak op de horizon gericht. De korenaren maken plaats voor de stoppelakkers die net gemaaid zijn. Hij neuriet in zichzelf:

_ Dagadoume, dagadoume". Hij doet het geluid na van klompen die op de grond stampen. Bosjes stro, meegevoerd in hun volle vaart, fladderen rond als sintels en ploffen neer in hun kielzog. Het enige dat nog telt is deze wilde rit te paard, dwars door de velden, verder, steeds verder in de frisse ochtendlucht. Half voorovergebogen boven de wapperende manen en opgericht in de stijgbeugels, spoort hij het dier aan. De oren van de merrie trillen bij het geluid van zijn stem. Aangetrokken tot elkaar door wederzijdse liefde en vrienschap springen ze zonder vaart te minderen over een heg. Er bestaan geen hindernissen voor dit unieke paar dat zweeft op hun verbeeldingskracht.

De lucht betrekt, overdekt zich met wolken die voortgestuwd worden door een razende storm met windstoten. De bodem wordt sponzig van de meekrab, voedt zich en breekt overal open zodat plassen ontstaan waar oude, krijsende kraaien komen drinken. Onder dit zware, droefgeestige wolkendek verliest het paard zwaar hijgend snelheid. Weldra worden ze verblind door de regen. Drijfnat en log komen ze nauwelijks meer vooruit in de woeste wervelwinden die de sporen van het pad veranderen in een modderpoel. Het paard glijdt uit en zakt weg in de bagger. Jacques trekt de teugels aan maar tevergeefs. Tot aan haar knieën in de modder, met dampende neusgaten en het schuim op de lippen, begint het dier te hinniken, doodsbang met rollende ogen van angst. Uiteindelijk weet ze zich los te rukken, trappelt met haar hoeven die onder het bloed zitten, maar valt voorover op haar borst en kantelt op haar zij. Badend in angstzweet vecht hij tegen de gevaarlijke massa die hem ongewild verplettert.

Verstrikt in zijn beddegoed, met verstijfde benen en gekluisterd aan zijn brits, kijkt hij zonder enig bevattingsvermogen naar het zilverkleurige peertje dat aan de wand is bevestigd. Hij wordt zich bewust van de muren die hem omsluiten en voelt zich ineenkrimpen van razend verdriet. De schemering geeft hem één voor één zijn al te vertrouwde voorwerpen terug. De tafel, de stoel, de plank met zijn boeken, de wastafel en dichtbij de closetpot van wit, geglazuurd aardewerk. Ondanks de vaag grijze tint van alle voorwerpen kan hij op twee meter afstand duidelijk de contouren onderscheiden van de deur.

Zoals altijd na een droom welt uit zijn verdriet een kwellende verslagenheid in hem op. Met stramme ledematen en een brandend gevoel in zijn lies voelt hij de erectie die de levensgeest weer in hem opwekt en zich hardnekkig vestigt in de holte van zijn onderbuik. Zijn hand begeeft zich, in eerste instantie aarzelend, onder het laken. Hoop doet zijn naakte eikel snel en heftig kloppen. Zijn vingers vormen een koker en verwoed pakt hij het met een heerlijke krachtigheid beet en herhaalt vermoeid de onvermijdelijke bewegingen die redding brengen. Zijn voortdurend op en neer bewegende hand brengt hem onverbiddelijk tot het uiterste. Hij voelt de lichaamskracht van dat moment in zich opkomen. Als een bezetene beweegt hij zijn arm steeds sneller en met de binnenkant van zijn handpalm intensiveert hij de wrijving. Een blanke straal schiet door de gezwollen stijfheid en explodeert voor zijn ogen die in het niets staren. Met wijdopen mond en snel ademend laten zijn vingers hun prooi langzaam los. Instinctief betast hij voorzichtig het slijmerige straaltje in zijn zijde dat in een plooi van zijn klamme en gekreukelde lendedoek druppelt. Zonder te bewegen komt hij weer op adem. Zijn gedachten tollen vruchteloos rond in de trouweloosheid van zijn onbevredigde en onverzadigbare verlangen.

Jacques snuift heftig en verdringt diep in zichzelf zijn rancuneuze gevoelens die krachtig pulseren in zijn herinnering. Hij dacht dat Christian en Claudine zijn vrienden waren. Met zijn hand onder het bloed had hij bij hen zijn toevlucht gezocht. Christian was er niet, maar aan Claudine had hij in tranen hortend en stotend zijn verhaal verteld. Claudine had toen de smerissen gebeld. Aangeslagen, niet in staat om te reageren, had hij de afvalligheid van zijn vriendin aangehoord. Christian was thuisgekomen op het moment dat de agenten hem lieten instappen in de celwagen. Hij is met hem meegereden naar het politiebureau. Het traject werd afgelegd zonder een woord met elkaar te wisselen. Christian had zijn stilzwijgen opgevangen en geïnterpreteerd, met een totaal gebrek aan meedeleven had hij hem gewezen op de omvang van het drama.

Als dader van een gewelddelict werd hij geïsoleerd. Omdat het vrijdagavond was bleef hij twee hele dagen verstoken van elke vorm van nieuws. Men bracht hem sandwiches en koffie in een kartonnen beker. Hij had zich niet kunnen wassen of scheren. Maandagmorgen had Christian hem een advocaat gestuurd die ervoor had gezorgd dat hij zich kon douchen. De rechter van instructie had opsluiting geëist. Hij had protest willen aantekenen, maar dat had toch geen enkele zin. Zij was een vrouw en beriep zich op het gevaar van recidive. Daaruit had hij kunnen afleiden dat Jeannine een aanklacht tegen hem had ingediend. Hij betreurde het haar niet te hebben vermoord. Extreme gevoelens van haat hadden ervoor gezorgd dat alles hem zwart voor de ogen werd. De rechter had dit wellicht opgemerkt omdat ze licht huiverend terugdeinsde. Tijdens zijn volgende bezoek had de advocaat hem gevraagd zijn emoties voortaan in toom te houden en op zijn minst te proberen enig berouw te tonen, of spijt, minder arrogant over te komen, een beetje te glimlachen, niet te uitbundig, de ogen neer te slaan, kortom de indruk te wekken onschuldiger te zijn.

Als een ontregelde robot, met bonzende slapen van een koortsig vuur dat door zijn aderen gloeit, loopt hij stampend over het plaveisel met mechanische passen die hem onvermijdelijk naar het onverbiddelijke noodlot voeren. Zich bewust van zijn gruwelijke overtreding loopt hij meedogenloos verder, niet bij machte te ontsnappen aan deze greep van krankzinnigheid die hem meesleurt naar de plaats waar hij niet wil zijn. De wraaklust gonst door zijn tuitende oren, de drang om zijn voorgenomen daad uit te voeren omhult hem met een teerlaag die zijn denkvermogen verlamt. Dat is hij, en iemand anders. Hij kijkt naar zichzelf, observeert zijn handelingen, gevangen door de keten der hartstocht die hem in zijn macht heeft. Haar vernietigen is zijn enige wens, de vernedering uitwissen, haar doen lijden voor haar ontrouw, haar uit de weg ruimen vanwege de verschrikkelijke smart die zijn gemoed beheerst, haar kwellen en haar diezelfde pijn laten voelen die zij hem heeft aangedaan. Haar doden.

Met zijn vingers krampachtig om het heft van het mes diep in zijn zak loopt hij de doolhof van straten in, gedreven door de duistere bedwelming van een vijandige, verwoestende verbittering. Hij belt aan, schreeuwt haar naam. Vraagt naar haar. Hij loopt de trap op. Daar staat zij voor hem. Vanuit het trapportaal kijkt ze hem glimlachend aan. Zijn gebaren worden gedicteerd door zijn razernij. Gewelddadig en buiten zinnen, met de smaak van liefde, dood en bloed in zijn mond, steekt hij op haar in met het mes. Ze valt neer aan zijn voeten. Meedogenloos raakt hij haar opnieuw. Ze krimpt ineen. Verbeten blijft hij doorgaan. Wanneer zijn tomeloze woede gekalmeerd is hangt zijn arm slap langs zijn lichaam en wordt hij overweldigd door het groeiende besef van een deerniswekkend falen. Met een waas voor zijn ogen ziet hij Jeannine wankelend opstaan en het appartement binnengaan. Totaal van streek komen er twee vrienden op haar af die enkele woorden uitspreken.

_ Dit is te gek" hoort hij haar zeggen met een droevige stem die verloren gaat in de luchtledige ruimte. Hij heeft hier niets meer te zoeken. Niemand denkt eraan de deur te sluiten. Niemand bekommert zich om hem. Uitgeput loopt hij de trap af. Tranen stromen over zijn wangen.

Jacques huilt met zijn gezicht verborgen in zijn kussen. Hij heeft niet kunnen voorkomen dat Jeannine naar de zon afreisde, naar een nieuwe liefde en het geluk vond in de armen van een ander. Verscheurd door gevoelens van spijt snuit hij zijn neus, staat op en loopt naar de wastafel. Geheel bij bewustzijn spoelt hij zijn gezicht. Bars gromt hij binnensmonds:

_ Kerst, m'n reet !"

Kleine Viviane

Behaaglijk ineengedoken onder zijn donzen dekbed ligt Charles te soezen. Het getrippel van blote voeten op de parketvloer maken hem echter wakker. Hij geeuwt en voorzichtig opent hij zijn ogen. Wanneer ze halfgeopend zijn schemert het vertrouwde beeld van Viviane die over hem heen gebogen staat door zijn wimpers.

_ Charles ! Charles !"

_ Humm."

_ Kom ! Snel ! Sta op !"

_ Sst !"

_ Ik heb ze gehoord !"

Het kleine handje begint energiek aan hem te trekken. De goedhartige Charles gaat rechtop zitten. Met zijn vingers strijkt hij door zijn warrige haarbos en terwijl hij zijn dekbed helemaal van zich af gooit gaat hij op de rand van het bed zitten. Viviane beloont hem met een stralende glimlach waardoor de kuiltjes in haar wangen zichtbaar worden. Geduldig en in de weet dat ze onweerstaanbaar is wacht ze tot ze zijn complete aandacht heeft.

_ Hij riep: "Ho ! Ho !" Ik heb goed geluisterd. Hun schoenen en hoeven maakten lawaai op de dakpannen.

_ Dan moeten we maar eens gaan kijken."

_ Ja ! Ja ! Ik weet het zeker, ze zijn gekomen."

In de vervoering van haar vreugde klapt Viviane schaterlachend in haar handjes.

In een hemelsblauw nachthemd, met haar hoofd naar achteren en de krullen over haar licht gewelfde voorhoofd is het een engeltje die hem vanuit haar ooghoeken gadeslaat. Hij is drie jaar ouder en voelt zich verantwoordelijk voor zijn zusje. Ze is zo onschuldig. Wat een naïviteit om in de Kerstman te geloven ! Toch voelt hij niet het minste verlangen om haar uit die droom te helpen. Hij laat zich meeslepen door het aanstekelijke enthousiasme van de kleine fee die hem opnieuw als bij toverslag meevoert naar sprookjesland.

_ Zachtjes. Je maakt iedereen wakker."

Ze weet dat haar broer enige tijd nodig heeft om wakker te worden maar dat hij daarna alles doet wat zij wil. Geduldig deelt hij zijn speelgoed met haar, gaat met haar wandelen en leert haar duizend en één dingen. Zij en Charles zijn dol op elkaar en onafscheidelijk. Vandaag echter betreurt ze de traagheid van haar broer. Ze brandt van ongeduld om de cadeaus te gaan ontdekken. Al sinds een paar dagen wordt over niets anders meer gesproken.

Vorige week heeft opa haar meegenomen voor een bezoek aan de kerstman. Ze zijn naar het station gegaan en hebben de trein gepakt, iets wat zelden gebeurt maar opa vindt het verschrikkelijk om auto te rijden in de stad. Hij verfoeit de verkeersopstoppingen en ondergrondse parkeergarages. Op een dag toen hij oma had meegenomen om te gaan winkelen in de warenhuizen, is hij zijn auto kwijtgeraakt in de doolhof van verdiepingen. Hij begreep niet goed hoe het systeem van cijfers en letters werkte. Oma had eveneens een diepe afkeer van die betonnen kelders die men alleen kon binnengaan via een tunnel en verlaten via een lift.

_ Het is beangstigend" zei ze.

Viviane genoot met volle teugen van dat woord. Ze deed oma na, herhaalde het door eerst diep adem te halen en het vervolgens uit te spreken waarbij ze op iedere lettergreep duidelijk de klemtoon legde: BE-ANG-STI-GEND. Voor deze gelegenheid kreeg haar stem een omfloerste, licht hese klank.

In de trein had opa haar heel duidelijk gemaakt dat ze steeds dicht bij elkaar moesten blijven, dat er heel veel mensen zouden zijn omdat de kerstman enorm populair was. In groten getale zou hij kinderen ontvangen die hem waren komen opzoeken, net als zij. Opgewonden bij het idee om de oude man te ontmoeten had ze hem tientallen vragen gesteld die opa uitvoerig had beantwoord en waarmee hij haar een betrouwbaar portret had getekend.

Ze herkende hem onmiddellijk, vanaf het eerste moment dat ze hem in de gaten kreeg. Lampen, geluiden, gegil, muziek, alles hield op te bestaan. De enige die overbleef was Hij. De massa cadeaus om hem heen vervaagden in Zijn aanwezigheid. Zijn stoel fonkelde van goud en kostbare stenen en was bovenop een podium geplaatst, dichtbij de met talrijke lichtjes versierde dennenbomen. Daar troonde Hij boven de massa kleine hoofdjes. Met gulzige blikken verslond ze hem zonder nog te durven ademhalen. Opa had haar de brief aangereikt die zij aan de kerstman had geschreven, zette haar op de grond en duwde haar zachtjes voor zich tussen de stroom eerbiedige kinderen. Verlegen had ze haar beurt afgewacht terwijl ze voorzichtig één voor één de treden beklom. Toen ze dichtbij hem was sloeg ze hem vol bewondering gade, haar vochtige lippen halfgeopend van ontroering. Ze werd betoverd door het scharlakenrood van zijn ornaat dat extra afstak tegen het wit. Hij had zich naar haar toegebogen, fluisterde enkele woorden die zij niet meer hoorde, pakte haar op bij haar middel en nam haar op schoot. Angstig maar tegelijkertijd dolgelukkig was ze met haar blik op zoek naar opa, allereerst tevergeefs maar voordat ze in paniek kon raken ontdekte ze zijn gezicht, half verborgen achter een dennentak. Gerustgesteld had ze haar schrijven overhandigd aan de kerstman die het aannam met zijn witte handschoen. Met frisse moed had ze hem verzekerd dat ze het hele jaar braaf was geweest, hierbij enkele onbelangrijke details weglatend, en nodigde ze hem uit om bij haar thuis langs te komen. Glimlachend nam hij haar uitnodiging aan. Een fototoestel dook op in de menigte en ze werd verblind door een flitslicht. Toen ze werd opgetild in de lucht bevond ze zich weer in de armen van opa.

Van de terugreis kon ze zich niets meer herinneren. Om dit fabelachtige beeld te bewaren in de veilige beschutting van haar gesloten oogleden deed ze alsof ze sliep. Zo liet ze haar droombeeld langer voortduren. De dagen die volgden waren een marteling voor haar geweest, ze kon gewoon niet langer wachten. Eindelijk was het moment suprème aangebroken.

Charles staat op en pakt haar hand. Zwijgend lopen ze in de richting van de trap. Zonder lawaai te maken en met ingehouden adem van de hoog gespannen verwachting daalt ze de laatste treden af. De deuren van de salon staan wagenwijd open. Met beide voeten in de zachtheid van het tapijt staat ze als aan de grond genageld van verbazing. Daar waar gisteren nog de vitrinekast stond verrijst nu een reusachtige blauwspar.

De zilverkleurige piek strijkt zachtjes tegen het plafond en de takken beladen met sneeuw strekken zich uit tot tot in de hoeken. Glazen sferen, dennenappels bedekt met een wit laagje en goudkleurige ballen verdringen elkaar tussen de vakkundig gerangschikte slingers. Een konijntje slaat met twee ministokjes op een trommeltje dat schuin over zijn borst hangt, vogels van spiegelglas tjilpen om het hardst en schudden hun trillende staartjes. Met regelmaat laten de carrouselpaarden hun schellen rinkelen, een skiër die op volle snelheid naar beneden duikt maakt een slalom om de punt van een naaldtak. Boven de kerststal, verscholen in de rotsen aan de voet van de boom, fonkelt het zwakke schijnsel van een ster dat met een kleurige schittering weerkaatst wordt in iedere lok engelenhaar.

_ Hij heeft zijn belofte gehouden ! Hij is gekomen." fluistert Viviane onthutst, oog in oog met de pakjes die versierd zijn met linten en overal verspreid liggen op het tapijt. Alle vormen, alle kleuren zijn verenigd in een vrolijke mengelmoes van strikken, rozetten en glanspapier. In haar hart barst een storm van emoties los. Ze raakt door het dolle heen en danst van geluk.

_ Kerst ! Kerst ! Het is Kerst ! Papa ! Mama ! Opa ! Oma ! Het is Kerst !" schreeuwt Viviane die dolgelukkig naar opa rent om haar toevlucht te zoeken in zijn armen.

Kerstavond

Voorzichtig, in de lichtbundel van de straatlantaarn, passeren de schoenen dicht langs de rand van het kelderraam. De gesmolten sneeuw en de ijzel zijn een duidelijk teken dat ze slechts voorzichtig, met enige terughoudendheid, kunnen voortschrijden. De dikkere schoenzolen worden zonder zichtbare aarzeling op de grond geplaatst terwijl die van de fijnere schoenen nauwelijks waarneembaar het oppervlak aftasten en eerst de bodem onderzoeken voordat ze zich eraan toevertrouwen. Urenlang observeert Sylvia het komen en gaan op het trottoir, speurt ze in de massa op zoek naar de kleine schoentjes die haar toebehoren op het moment dat ze de vensteropening passeren. Ze is gek op gekleurde pumps maar die worden steeds zeldzamer. Plateauzolen zijn in de mode, bij voorkeur zwart. Dit is haar manier om te window-shoppen. Verscholen achter het vensterraam vindt ze het prettig om te fantaseren over de lichaamen die bij de passerende kuiten horen. Nu en dan lopen twee paar schoenen in dezelfde pas, dan stelt ze zich mensen voor die innig arm in arm lopen en elkaar plechtige beloften toefluisteren. Maar vandaag lijkt iedereen gehaast, ondanks het riskante wegdek. Ze spoeden zich door de kou, op weg naar hun bestemming, de warmte van een familie, de gerieflijkheid van een veilige thuishaven.

Sinds de dood van Dupont heeft Sylvia niemand meer. Samen maakten ze lange wandelingen langs de oevers van de Seine, puur voor de geneugten van het lopen. Zowel 's zomers als 's winters boden de kaden hen gratis aangename taferelen. Ondanks zijn gevorderde leeftijd bleef hij alert op ieder detail van de straatstenen, rook aan ieder graspolletje en maakte nog steeds met succes jacht op de vlinders die afgedwaald waren naar de oever. Hem overhalen om er samen op uit te gaan was nooit nodig geweest. Bij deze herinneringen slaakt ze een diepe zucht en trekt ze haar anorak strakker om haar schouders heen. Dupont kon niet tegen de constante verhuizingen.

Ze vermant zich. Ze mag niet klagen. Dat gezeur is overbodig en riskant. Er zijn mensen die het slechter hebben dan zij. Natuurlijk was het een zware klap om Dupont te verliezen, maar in het voorjaar zou ze zeker weer een jonge hondje vinden dat in de steek was gelaten op een vuilnisbelt. Zo ging dat ieder jaar. En bovendien, had ze niet geluk gehad om voor de winter deze verlaten kelder te vinden, terwijl vele anderen genoegen moesten nemen met kartonnen dozen en overgeleverd waren aan slechte weersomstandigheden en straatvegers ?

Tevreden wendt ze haar blik af van het straattoneel om haar nieuw verworven domein te inspecteren. Door het contrast van het schemerlicht in het vertrek met het heldere licht van buiten knippert ze meerdere malen met haar ogen. Systematisch laat ze al haar bezittingen waar ze enorm trots op is, de revue passeren. Ze onderscheidt ieder kistje en iedere plank, op elkaar gestapeld tegen de muur waar ze de verzamelde kranten en tijdschriften opbergt. Wanneer ze haar blik hierover laat dwalen komt ze tot de conclusie dat ze een aardige boekenkast heeft ingericht. Wat maakt het uit dat de springveren door de versleten jute van de fauteuil steken of dat het gebrek aan licht haar het plezier ontneemt om te kunnen lezen ! Het gemeubileerde hoekje geeft haar het gevoel van een knusse thuishaven. Teder kijkt ze naar de matras die door haar toedoen bij de muur tegenover haar is beland. Op een morgen had ze deze een paar straten verderop ontdekt en hem snel meegesleept naar haar schuilplaats. De stof had enigszins geleden onder het transport, maar zag er toch nog zeer acceptabel uit, zonder zichtbare gaten. Ze had hem neergelegd in een tochtvrije hoek op lege kratjes die fungeerden als lattenbodem. Iedere avond, wanneer ze zich uitstrekt in de zachtheid van haar bed, dankt ze haar geluksster die over haar waakt en prijst ze zich gelukkig dat ze de kracht had om de matras hier mee naar toe te slepen. Dankzij de dekens op dit armzalige bed kan ze zich iedere dag wijden aan het ritueel van het naar bed gaan en opstaan. 's Avonds haar kleren uittrekken om ze 's morgens weer aan te trekken, zonder bang te zijn om ernstig kou te vatten.

De illusie van een geregeld bestaan geeft haar de kracht om te overleven. Onafhankelijk van het weer of jaargetijde vertrekt ze iedere morgen vroeg om boodschappen te gaan doen. Nauwkeurig en efficiënt inspecteert ze uiterst zorgvuldig de opgestapelde vuilniszakken, vult haar karbies met allerlei bruikbare dingen en appetijtelijke etensresten en gaat vervolgens ontbijten in een plantsoen op een binnenplein. Zelfs als het regent keert ze vrijwel nooit meteen terug. Ze zoekt liever een schuilplaats in een portiek gelegen in een rustig steegje. Ze heeft een aantal vaste patronen maar wijkt daar dagelijks vanaf uit angst dat ze in de gaten gehouden wordt.

Wanneer het mooi weer is gaat ze vaak naar de Sacré-Cœur. Niet om van het uitzicht over Parijs te genieten, maar omdat de mensen daar vrijgeviger zijn dan bij de Notre-Dame. Zittend aan de voet van de trappen houdt ze haar hand op. De meeste bezoekers overhandigen haar een muntstuk of een biljet, vooral de buitenlanders. Die durven haar bede niet te negeren. Haar schrale uiterlijk, haar frisse adem, haar gladgetrokken haren en haar bescheiden uitgestoken hand nodigen de voorbijgangers uit tot een gift. Ze verdenkt hen ervan zich te schamen voor hun fototoestellen met alles erop en eraan, die schuin over hun borst hangen en scherp contrasteren met haar zichtbare armoede. Hun veronderstellingen komen niet eens in de buurt van de waarheid van haar alledaagse werkelijkheid.

Eergisteren was ze naar de Cimetière du Père Lachaise geweest via de Rue Turbigo. Aanvankelijk had ze een bezoek willen brengen aan de keuken van het Saint-Louis Ziekenhuis maar zonder het in de gaten te hebben was ze rechtsaf geslagen en kwam ze uit op de Avenue de la République. Vrijheid ! Gelijkheid ! Broederschap ! Het zien van deze drie woorden vervulden haar met twijfel.

De hoofdingang van de begraafplaats op de Boulevard de Ménilmontant, waar aan het einde van de brede, geplaveide laan het kolossale monument ter herinnering aan de oorlogsslachtoffers staat, nodigde haar uit voor een wandeling. Ze bracht een bezoek aan Mademoiselle Lenormand en aan Colette, daarna aan Rossini en Alfred de Musset. Opgaand in het spel der ontmoetingen sloeg ze linksaf de trappen op, op weg naar Bizet en Enesco. Een paar treden hoger werd ze verwelkomd door Raymond Radiguet. Aan de andere kant, vlak bij het kruispunt Grand Nord, trof ze Grétry, Méhul, Pleyel, Chopin, Cherubini en Bellini die fragmenten van herinneringen in haar opriepen aan vroegere levens. Ze strekte zich uit op een grafzerk. Daar had ze willen blijven liggen, op het witte marmer, omringd door klanken die haar vroeger zo hadden bekoord, maar de bijtende kou had haar verdreven. Ze had een takje geplukt van een buksboom die naast een grafkruis groeide. Ze liep terug via de Boulevard de Magenta en was op tijd om de mis van half acht bij te wonen.

Met haar buit veilig onder haar jack slenterde ze door de wirwar van kleine straatjes. Toen ze langs de Galeries Lafayette liep werd ze verrast door de overdadige feestverlichting. Een kastanjeverkoper had haar een hoorntje met gepofte kastanjes aangeboden die ze lekker had opgepeuzeld terwijl ze de fonkelende slingers bewonderde. Op dat moment had ze besloten om haar onderkomen te versieren.

Sylvia maakt het raam tochtvrij met behulp van planken. De kieren stopt ze dicht met oude lappen. Uit haar zak haalt ze een doosje lucifers en blindelings weet ze in de duisternis de kaarsstomp te vinden. De ruimte wordt gehuld in een flauw lichtschijnsel dat de sporen van de uitgeslagen muren zichtbaar maakt en de plasjes stinkend water in de hoeken aan de straatkant. Deze locatie is door de druppels uitverkoren als eindstation. Uit een wond met opgezette lippen in het plafond sijpelt een zwartachtige vloeistof via een leiding van gescheurd pleisterkalk. Zij heeft geen oog voor dit alles. Op de vierkant afgezaagde planken staan haar schatten uitgestald. Met een verrukte blik aanschouwt Sylvia haar bezittingen. Voor ieder ander mens zouden ze niet meer betekenen dan een samengeraapt zootje, rijp voor de schroot. Voor haar zijn het dierbare voorwerpen met een eigen verhaal. De glazen bloempot waarin de buksustak staat, komt van de Gare du Nord, uit een vuilnisbak van een Thalys afkomstig uit België. Ze herinnert het zich nog goed. Ze wist hem te ontfutselen aan de prullebak die bijna vol was toen ze er haar hand in stak. Het porseleinen bord is een geschenk van de Rue Mouffetard op een regenachtige avond. Het kopje, de beker, de karaf, alle spreken een taal die alleen zij kan ontcijferen, spreken woorden die alleen zij kan horen. Maar vanavond heeft ze nauwelijks oor voor haar oude vrienden. Wat haar het diepst ontroert en al haar aandacht opeist is het kleine boompje dat ze gemaakt heeft van restanten van dennentakken die ze in een emmer met zand heeft gestoken. Tussen de dennennaalden heeft ze snoepwikkels en reepjes van plastic tassen bevestigd en om de stam heeft ze aluminiumfolie gewikkeld. Het meesterwerk van al deze versieringen is een kerstmannetje dat ze gered heeft uit een straatgoot in de Rue Monsieur le Prince.

De volle boodschappentas die op een krakkemikkige stoel staat, verzekert haar van een buitengewoon feestelijk maal: vanavond eet ze thuis, het is kerstavond. Ze doorzoekt de stapel oude plunje aan het voeteinde van haar bed, vist er een grote lap rode stof uit en klopt deze heftig uit. Het dient als amaranten laken die ze weelderig over de tafel drapeert. De plooien reiken tot de grond wat een klassieke allure geeft. Uit de plastic tas pakt ze een heel rond brood en een blikje cassoulet met een bontgekleurd etiket. Als dessert heeft ze een karamelpudding verpakt in een vaalkleurig plastic bakje.

Ze gaat op een wankel krukje zitten, klemt het blikje stevig vast in de holte van haar elleboog en trekt aan het aluminium lipje. De deksel laat los, buigt en gaat zonder problemen open. Ze brengt de witte bonen dicht naar haar neus, haalt diep adem en snuift wellustig de etensgeur op. Ze steekt haar vork in de harde massa en onderzoekt aandachtig de bestanddelen. Ze sorteert de minuscule stukjes spek en het worstje die ze op de rand van haar bord legt om voor het laatst te bewaren. Met behulp van haar lepel schraapt ze de bodem van het blikje leeg tot en met het allerkleinste ziertje gelei. Klaar voor de smulpartij kijkt ze bedachtzaam naar de gelatinebrij op haar bord.

Er klinkt gesnuffel bij de deur. Haar hart maakt een sprong en klopt in haar keel. Het onomkeerbare is omgekeerd. Daar is Dupont, aan de andere kant van het hout. Ze spert haar ogen wijdopen in een poging om de schemer te verdrijven. Haar borst verstijft, haar ademhaling stopt. Niets meer. Ze zal het wel hebben gedroomd. Ondanks het bereide feestmaal dat voor haar staat wordt ze plotseling overmand door verdriet. Ze verbaast zich over de hoop die ze nog steeds koestert na zijn dood. Bij het minste teken raakt ze van streek en wordt ze meegezogen door dwaze gedachten. Opnieuw klinkt een aanhoudend zacht geritsel. Ze kijkt langzaam om en tuurt nieuwsgierig in alle hoeken en gaten van het donkere vertrek. Van boven een balk vandaan, in de volstrekt nachtelijke duisternis, nemen twee roodachtig schitterende stipjes haar brutaal en vrijpostig op. Onbeschaamd staren ze haar aan. Opgelucht begint ze te eten. Een niet aflatend gevoel van welbehagen stroomt in golven haar hart binnen en vervult haar met een weldadig gevoel van warmte. Ze heeft zin om te lachen, te huilen. Vanavond zal ze niet alleen zijn.

E la nave va

Starend in het melkwitte spoor van het kielwater, bespikkeld met lazuursteen, jade en saffier, kijkt het silhouet verlangend uit naar de speelse bruinvissen die opspringen uit het schuim om haar te begroeten. Haar gedachten dwalen af, naar citroen- en sinaasappelbomen die de smeedijzeren arabesken zachtjes strelen met hun glimmende gebladerte dat beschutting biedt aan vruchten die zoete heerlijkheden beloven.

De onvermoeibare krekels verscheuren de stilte van de nacht, roepen elkaar luidkeels toe van de ene vestingmuur naar de andere. Af en toe staken ze zonder duidelijke reden plotseling hun kabaal zodat de stilte intreedt. Enkele tellen later barsten ze opnieuw in alle hevigheid los. Hun ijver is slechts te vergelijken met die van de cicaden die hen aflossen in de aarzelende ochtendschemering. Deze geeft een paarlemoeren en zilverkleurige glans aan de smaragdgroene zee die lusteloos in de kleine baai ligt waar de rolstenen, uitgeput van hun lange zwerftochten, op de kust stranden, deinend op het gesmolten malachiet. Aan de voet van de ronde kerk liggen de grafstenen van de voorouders, laatste rustplaats van de kinderen des lands. De marmeren muren weerkaatsen het licht als melkwitte spiegels van rotskristal waarin niemand weerspiegeld wordt maar waarin iedereen zichzelf terugvindt.

Enkele daken met gewelfde pannen gaan verborgen onder het gebladerte, verscholen als rijpe sinaasappels in reusachtige bomen. Langs de kronkelige wegen staan diabolische cactussen die met hun immense palmen de elektriciteitspalen insluiten. De loofbomen staan verdwaald langs de rand van de weg en groeperen zich dronken in de kwikzilverige slootjes. Ze maken zich vrolijk over de onbetrouwbaarheid van de bronnen en werpen zich schaamteloos en drankzuchtig op de bodem. De vijgenbomen wijzen met hun wijd gespreide vingers de weg en bieden de voorbijgangers hun rijkelijk gevulde buidels aan.

Ondertussen jagen in de lucht de uitzinnige zwaluwen. Ze maken pirouettes op topsnelheid en verzwelgen libellen in de meanders van zoele briesjes. De bloeiende bougainvilles bestoken de daken, proberen de blauwe clematis en de schitterend gekleurde kamperfoelie te overtroeven in vitaliteit en verspreiden welriekende geuren die verflauwen in de ontluikende warmte.

De zee die enkele dagen onstuimig is geweest onder invloed van de volle maan en een aardbeving, is enigszins gekalmeerd. Alleen de golven met hun triomfantelijke schuimkoppen, die met veel geraas de strandstenen door elkaar mengen, herinneren nog aan het recente tumult. Vaalkleurige schoven worden verpletterd op de zandige oever en besproeien de badgasten, die uitgestrekt liggen op hun bonte lakens als offerande aan de zon, met stuifregen waarin een regenboog verschijnt. Heel even worden de kiezels, die zich schaamteloos vermengen met het plotseling troebel geworden water, aan de onderzoekende blikken onttrokken door een bruisend schuim. Alles vloeit samen in een speelse werveling. Het smachtende gekras brengt de schelle ratelecho ten gehore van de stenen die meedogenloos worden meegesleurd en verzwolgen door de zilte branding waar de pijnlijke polijsting wordt uitgevoerd door aanrollende en teruggekaatste golven die krachtig met elkaar botsen. De brekers herhalen onfeilbaar hun manoeuvres maar voeren steeds veranderingen door die duidelijk waarneembaar zijn voor oog en oor. De vissersboten die vastliggen aan hun touwen, deinen heftig op en neer, soms aan het zicht onttrokken door een brandingsgolf om vervolgens weer triomfantelijk te voorschijn te komen bovenop een tersluikse schuimkop die buldert in de razend gierende wind.

Wanneer ze langs de zandige oever loopt voelt ze de kracht van de zee, onverzettelijk en uiterst wispelturig, die haar latente natuurkracht en gewelddadige aard openbaart in deze voortekenen van ophanden zijnde verwoestingen.

De motoren zwijgen. Dimitri heeft het anker uitgeworpen. De doffe knal van een champagnekurk laat haar onverschillig. Ze glijdt in het transparante blauwe water. Nieuwsgierige vissen zigzaggen onverhoeds, komen haar onderzoeken, haar tenen met de verzorgde nagels kussen. Deze kleine, gestroomlijnde onderzeeërtjes, sommige fel, andere zacht gekleurd, sluiten zich vrolijk en met een bruisende dynamiek aaneen in levendige balletten van zuiverheid. Ze zwenken traag om plotseling verschrikt te verdwijnen, waarbij hun goudkleurige strepen door het water flitsen. Wannner hun angst geweken is komen ze weer terug en cirkelen opnieuw om de kuiten van de zwemmers die gevaarlijke duiken riskeren om indruk te maken. Met blijdschap slaat Maria ze nauwlettend gade. Ze zijn vrij. Met enkele krachtige slagen zwemt ze omhoog naar de schitterende waterspiegel, grijpt de ladder vast, zet haar voet op de onderste trede, klimt omhoog en pakt de handdoek die aan de reling is geknoopt.

Opgefrist strekt ze zich uit in de zon, ook al weet ze dat dit rampzalig is voor haar stem, evenals de aangename ledigheid waar ze zich sinds enkele maanden zonder schuldgevoel helemaal aan overgeeft.

Op haar huid voelt ze zijn schaduw voordat hij haar bedekt met zijn warmte. Zijn hand streelt haar hals, glijdt af naar haar schouder, zijn voet strijkt langs haar enkel. Zijn vingers die traag bewegen prikkelen haar verwachting. Door één voor één de schouderbandjes naar beneden te laten glijden ontbloot hij haar bovenlichaam. Zijn lippen op haar mond dwalen af naar haar oor. Hij fluistert haar naam, bijt zachtjes en ongeduldig. Zijn liefkozingen worden nadrukkelijker, zijn mond zuigt de schoonheid van haar borsten op, zijn ervaren handen haasten zich, rukken haar het badpak van het lijf en worden opnieuw koesterend. Afwisselend creëren ze golven van pijn en van genot, eerst teder en uiteindelijk gewelddadig. Ze wordt verzwolgen door vloedgolven die haar meesleuren in hun vurige ritme. Zijn zijdeachtige tong verkent voorzichtig haar intimiteit. Brandend van verlangen, overweldigd door zijn vurige hartstocht, trekt ze hem krachtig tussen haar wellustig gespreide dijen. Wanneer ze hem in zich voelt geraakt ze in extase. Hun verstrengelde ledematen bezwijken voor één en dezelfde passie en wentelen zich hartstochtelijk in de deining van het zinnelijk genot. Na het liefdesspel ontwaken ze hijgend uit hun sluimerende roes. Bevredigd rolt ze zich op in de cocon van zijn armen.

Bij Dimitri voelt ze zich bovenal vrouw. Ze zingt nog maar zelden haar toonladders. De dagen verstrijken langzaam, zonder enige stimulans om haar vocalisaties uit te voeren. Maar vanmorgen heeft ze gezongen. Dimitri had op haar gerekend om zijn gasten te vermaken. In plaats van een vuurwerk zoals de gewoonte was, liet hij een hoogmis celebreren in het dorpje Loggos waarin zij de rol had van priesteres. Ondanks zijn ongepaste verzoek had ze ingestemd, maar op één voorwaarde: de kerstdag met z'n tweeën doorbrengen, samen op zee, ver van iedereen. E la nave va.

Gelukkig Kerstfeest

De oogleden trillen kortstondig onder het kwellende lichtschijnsel. Op hetzelfde moment verschijnt op het glazen beeldscherm het in kartels afgetekende diagram. Een gezicht buigt zich over het bleke gelaat. Goed verzorgde handen zijn nauwkeurig en deskundig in de weer. Op een rolwagentje met een handdoek zonder borduursels of versiersels liggen folterwerktuigen van glinsterend staal. Een injectienaald steekt in een bleke ader. Een droevige weeklacht, nauwelijks hoorbaar, ontsnapt aan de bleke, gesprongen lippen. Joël vecht uit alle macht om het licht te bereiken, te ontsnappen aan de duisternis.

Hij verzet zich tegen de braakneiging die hem bij iedere slok water overvalt en die na ieder ingenomen pilletje een krampachtige en verstikkende samentrekking veroorzaakt in zijn borstkas. Hij weigert te bezwijken aan de hevige, meedogenloze en ondraaglijke pijn die zijn ingewanden door elkaar schudt. Het lijden valt hem steeds zwaarder, zijn maag is totaal van streek, de misselijkheid wordt steeds venijniger en dwingt hem om haastig naar adem te happen. De bittere smaak van de tabletten is onverdraaglijk en funest voor zijn papillen, ontneemt hem zijn zintuigen, zijn reukzin, vervult hem met afkeer en laat hem geen seconde met rust. Het knarsetanden barst los in zijn hersenen waar uiterst verwarde en dwaze gedachten met elkaar botsen en uiteenspatten in een onsamenhangend gemompel dat met plakkerig speeksel en kortademig wordt uitgestoten. Zijn vingers omklemmen krampachtig het glas water dat hij in een teug leegdrinkt. De vloeistof maakt hem misselijk, wekt een reeks braakneigingen in hem op waardoor zijn ogen volschieten met tranen. Een weerzinwekkend slijm vult zijn halfgesloten mond waar het vernederend en onterend uitgutst. Beschaamd en bezoedeld verliest hij het bewustzijn.

Een zachte hand betast en beklopt hem. Gemompel doordringt zijn wazige sluimer. Gefilterd door zijn wimpers kleurt een vaag lichtschijnsel enkele schimmen.

Iedere avond dezelfde profielen, ingesnoerd in hun overjassen op de trottoirs die verlicht zijn voor de feestdagen. Dezelfde krijtkleurige gezichten, zonder glimlach, zonder uitdrukking, zonder blik. Hij komt ze elke dag tegen op zijn eenzame wandelingen. Geen groet. Hij doet een poging. Vriendelijk benadert hij ze en zegt ze gedag. Verwilderd staren ze hem aan en wenden snel hun blik weer af. Verschrikt vluchten ze weg. Dat een vreemde hen zomaar aanspreekt brengt hen in verwarring ! Soms schreeuwt hij, midden op straat. In verlegenheid gebracht kijken ze de andere kant op, zien ze hem liever niet, doen in ieder geval alsof. Hij kent ze. Hij vindt ze aardig. Zo zijn ze nu eenmaal. Vastgeroest in hun denkwijze met onzedelijke verlangens en ongenoegens waarvoor ze niet durven uit te komen, willen ze niets van hem weten. Hij kijkt naar ze. Kijkt naar zichzelf. In welk opzicht verschillen ze van elkaar ? Het blijft onbegrijpelijk voor hem. Zijn schone kleren. Pas geschoren. Hij ziet er verzorgd uit. Ze ontwijken zijn uitgestoken hand.

Een handpalm wordt op zijn voorhoofd gelegd en strijkt de plakkerige haarlokken weg. De aanraking van de koele vingers geven hem een behaaglijk gevoel. Hij knippert met zijn ogen, schudt nee met zijn hoofd, verdringt de shock, het moment van de waarheid. Op duidelijke toon wordt er tegen hem gesproken en wordt hij aangemoedigd om te drinken.

Drinken kan hij niet. Hij heeft nooit gehouden van de vriendschappen die gesloten worden aan de bar. Onder invloed van alcohol wordt onder stamgasten een complot van vrolijke gezelligheid gesmeed dat verdwijnt zodra men op straat staat. Hij bezoekt nooit cafés, met het luidruchtig gelach, de schreeuwerige muziek, vriendelijke of verachtelijke obers, de schunnige grappen, de rook en de paardentoto. Het ritueel van het aperitiefje en het witte wijntje zijn hem vreemd, evenals de kwinkslagen op de markt waar hij bijna nooit komt. Marktkooplui die onbetamelijke dingen schreeuwen vanachter hun kramen beangstigen hem. Hij raakt in paniek bij het idee dat één van die woorden uit hun stroom losbreekt en hem kan treffen. Er zijn gele die vrolijk fluiten, rode die brommen, zwarte die grommen, groene op stokjes die eruit springen en elkaar verdringen op de stellages, soms witte die wapperen in een zuchtje wind, maar hij heeft een zwak voor de blauwe die spiraalsgewijs voortgestuwd worden en kringels achterlaten in de frisse ochtendlucht. Nergens anders brengen woorden zo'n teisterend kabaal voort.

Zijn hoofd wordt opgetild met een hand in zijn nek, zijn kussens worden opgeschud. Het liefst zou hij opnieuw willen verzinken in een diepe slaap, met rust gelaten worden. Een voorwerp wordt tussen zijn vingers geklemd, hij drukt op de knoppen van een doosje.

In de vieze modder van gesmolten sneeuw lopen honderden mensen, vooral vrouwen en kinderen. Gebukt onder abstracte lasten vorderen ze moeizaam, stap voor stap, in de stilte van een eindeloos lange rij. Ploeterend door de bagger volgen ze de onbekende weg. Ze haasten zich naar een modderpoel die nog erbarmelijker is dan die ze zojuist hebben verlaten. Van bovenaf wordt de stroom vluchtelingen in de gaten gehouden door vredesofficieren die, beschut in hun tanks, de loop van hun geweren op hen gericht houden. Vanachter een nabijgelegen heuveltop met maagdelijke sneeuw verschijnt plotseling een gevleugeld monster dat vuurstralen uitspuugt. Het geknetter van de vlucht galmt angstaanjagend door de vallei. Lichamen worden neergemaaid. Gegil, gehuil, gebeden richten zich op naar de stalen draak. Doof voor de klaagzangen verwijdert hij zich ronkend naar de horizon. De mitrailleurs komen in actie en brengen met hun dreiging en kogels de uiteengejaagde menigte weer bijeen. De stoet zet zich in beweging, de doden en gewonden met zich meedragend. In de sneeuw getuigen de wijnrode sterren van hun doortocht.

Joël verbergt zijn gezicht met zijn elleboog . Uitgeput, diep verontwaardigd, gebroken door de stuiptrekkingen beeft hij over zijn hele lichaam. Zijn arm wordt opzij geduwd. Verslagen opent hij zijn ogen. Een engel in het wit schenkt hem een glimlach.

_ Gelukkig Kerstfeest."

_ Gelukkig Kerstfeest." antwoordt hij automatisch.

Zachtjes, heel zachtjes huilt hij als een klein kind.

Eerste Kerstdag

Vol ongeloof valt mijn blik op de vaalwitte borden. In het midden pronken de ontvelde tomaten, brutaal en onbeschaamd. Geïntrigeerd blijven mijn ogen gefocust op deze vurige zelfgenoegzaamheid, omcirkeld door een goud randje op het opaalkleurige porselein. Afwezig druk ik handen, namen dwarrelen rond zonder hun gravering achter te laten op de vriendelijke gezichten. Mijn eerste ontmoeting met de familie van mijn man, allen bijeengekomen rondom deze tafel waar op ieder uiteinde een miniatuurplantje prijkt met steenrode bladeren in de vorm van een ster waarvan de kleur exact overeenkomt met die van het reeds opgediste kerstmaal. We zijn geenszins te laat maar toch worden bij binnenkomst alle blikken op ons gericht die gepikeerd lijken onder een iets te nadrukkelijke glimlach waaruit een onuitgesproken verwijt spreekt. Blijkbaar hadden we eerder moeten komen om samen het onvermijdelijke kopje koffie te drinken dat in Nederland als aperitief wordt beschouwd. Wij hadden er de voorkeur aan gegeven deze vermoeiende inleiding over te slaan! Mijn schoonmoeder vraagt me om snel plaats te nemen tussen een grote vrouw met een dikke bos blond haar die op haar schouders valt, en mijn schoonvader die de ereplaats heeft. Mijn echtgenoot zit tegenover mij, aan de rechterhand van zijn vader. Eén van de dochters des huizes helpt de moeder en zet diverse zilveren schalen op tafel waarvan de deksels de inhoud voor me verborgen houden.

Door de glazen deur van de salon verkondigt de feestelijk verlichte dennenboom dat het een feestdag is, maar morgen ook in die zin dat er twee kerstdagen zijn; de eerste gewijd aan de familie, de tweede aan vrienden. Daarentegen wordt er geen enkele waarde gehecht aan de traditie van kerstavond. De geboorte van Christus wordt niet feestelijk herdacht, noch de intrede van Sint Silvester.

Aan Chris de taak om de wijn in te schenken. Getrouwd met een Française hoort hij hierin een expert te zijn. Dat het hier om een Riesling gaat doet zijn prestige alleen maar toenemen ! In hun kwetsbare naaktheid kan ik mijn ogen niet van de tomaten afwenden. Iedereen is bezig zijn kennis van de verschillende Franse wijnen te spuien. Uit beleefdheid tegenover mij wordt de discussie over hun respectievelijke wijncollecties in het Frans gevoerd. Ik vind het heerlijk wanneer Nederlanders mijn taal spreken, langzaam, kieskeurig zoekend naar hun woorden. Gebruik makend van hun aangeboren gevoel voor taal vormen zij semantisch correcte zinnen waarvan de syntactische juistheid mij verrukt. Wat ze zeggen is totaal onbelangrijk, maar de manier waarop ze zich uitdrukken, met een ongedwongen gemanipuleerde cohesie, wekt mijn algehele bewondering.

Vol afschuw observeer ik mijn schoonvader die de suikerpot pakt en rijkelijk zijn tomaat bestrooit. De andere tafelgenoten volgen zijn voorbeeld. Wanhopig zoek ik met mijn ogen de zoutvaatjes die ik niet kan vinden tussen het tafelzilver, het porselein en het kristalwerk. Tot mijn grote ellende bespeur ik de desertie van mijn man die, doorgaans verzot op Franse gerechten, geïnspireerd wordt door zijn ouders, de vrucht van de Azteken fijnprakt en deze als een verrukkelijk toetje oppeuzelt met behulp van een theelepeltje. Niemand besteed aandacht aan mijn bord. Ik eet de nachtschadevrucht puur en vervloek de ignoranten van de vinaigrette. Omdat de huishoudhulp afwezig is verzorgt de jongere zus de bediening. Ze wisselt het tafelbestek en haalt het bloedrood gekleurde porselein uit.

_ Als eerbetoon aan jou hebben we vandaag een diner in Franse stijl; daarom was er een hors d'œuvre voorafgaande aan de soep."

Ik ben sprakeloos, niet in staat om te antwoorden. Ik meen een heldere bouillon van Hollandse asperges te herkennen in de kleurloze, fletse en eerlijk gezegd smakeloze vloeistof die luxueus gepresenteerd wordt in zilveren soepterrines.

Rechtstreeks uit de keuken, geserveerd op één en hetzelfde bord, volgt een plak varkensrollade met gebakken aardappelen, spruitjes en appelmoes. Met plezier hoor ik mijn schoonmoeder babbelen over de recepten. De Nederlander is op zijn manier een gastronoom hoewel ik persoonlijk van mening ben dat hun voedsel in het algemeen balanceert tussen de consistentie van een potje babyvoedsel en die van een blik hondenvoer. Mijn oordeel wordt opnieuw bevestigd tijdens deze maaltijd waar de gasten zonder pardon met een vork hun groente fijnprakken en deze zorgvuldig vermengen met de tot puree gereduceerde aardappelen en hun fijngesneden vlees. Ze verwerken alles tot een smeuïge prak die ze rijkelijk overgieten met een vette jus waarmee de sauskommen tot aan de rand gevuld zijn. Ze bekronen het geheel met een berg rauwkost die is aangemaakt met mayonaise.

Mijn schoonvader, een eminent hoogleraar, voert een levendige conversatie over de kookkunst en zijn persoonlijke voorkeuren waarbij hij in tweestrijd verkeert omdat hij mijn eetlust niet wil bederven. Hij geeft een duidelijke wending aan het gesprek. Zijn vlees laat hij onaangeroerd naast de puree van spruitjes en aardappelen. Hij begint met een gedetailleerde beschrijving van de uitzonderlijke gerechten die hem gedurende zijn talrijke buitenlandse reizen werden aangeboden. Op houtskool geroosterde slang in de Sahara, soep van apenogen in Maleisië, gepocheerde teelballen van een bok in de Gobi woestijn, geroosterde sprinkhanen in Tanzania, en zo zou hij eindeloos kunnen doorgaan. Verstrooid en langzaam kouwend luister ik beleefd naar hem. Zijn Frans is perfect, zijn uitspraak is mooi, zijn woordkeuze is nauwkeurig. Hij vertelt met een amusante welbespraaktheid, combineert een persoonlijke visie met zuivere waarheden, dist geestige verhalen op waar hij lang op heeft zitten broeden en betovert zijn publiek. Om zijn gastheren niet te beledigen heeft hij zich aangepast aan alle traditionele gebruiken. In zijn betoverende woorden klinkt duidelijk de moraal door. Ik wil wel maar mijn smaakpapillen komen in opstand tegen de wanorde op de borden.

Ik orden mijn gedachten. De rode kool, gekookt tot een vormloze, kleurloze brij en zuur smakend door het verplichte scheutje azijn, in combinatie met bloedworst die in net zulke dikke plakken is gesneden als mortadella, fijngehakte andijvie vermengd met aardappelpuree, fijngestampte zuurkool met gekookte aardappelen, margarine in plaats van boter op vierkante sneetjes slap witbrood zonder korst; al deze gerechten maken ook deel uit van een spectaculair exotisme dat op slechts twee stappen van hem verwijderd is, maar onzichtbaar door de nabijheid. Net als deze maaltijd die abrupt wordt beëindigd, zonder kaas, zonder dessert en een tafellaken zonder vlekken, maagdelijk, zonder orgiastische sporen, zonder leven.

X Mas

Het geraas van de straat weerklinkt zonder haar gehoor te bereiken. Het gedempte geronk van de limousine hoort ze wel. De ramen van donker glas beschermen haar tegen nieuwsgierige blikken zonder haar het zicht te ontnemen. Op de luchthaven sprak het personeel luid en vrolijk met elkaar. Iedere reiziger had naast de officiële stempel in zijn paspoort recht op het gebruikelijke "Merry Christmas". De reusachtige boom bij de uitgang van de douane zei haar dat het Kerst was. Door het vertrouwde tafereel van de onbekende passanten wordt haar aandacht afgeleid van haar ongeduld. Nog enkele minuten en dan is ze in Manhattan.

Het park is ondergesneeuwd en de kale bomen werpen hun blik in de verte. De Hudson schittert felle stralen en stroomt gestadig langs de oever die is uitgesneden in het ijs. Op dit vroege tijdstip zijn haar flanken ongerept, vrij van ieder spoor en herbergen ze uitsluitend de skeletten van de winter. Bontgekleurde Vlaamse gaaien fladderen in de takken en laten azuurblauwe en roestbruine vlekjes achter op het witte sneeuwtapijt dat ze vertrappelen met hun pootjes.

Hij steekt de kaarsen aan, verplaatst een armkandelaar en blijft heel even aarzelend bij het koffiezetapparaat staan. Over twee of drie minuten is ze er.

Ze rijden over de Brooklyn Bridge. De chauffeur bestuurt behendig het zware voertuig in het drukke verkeer. Hij kent haar voorliefde om via de City Hall te rijden, daarna Bleecker Street, Greenwich en Chelsea om zo de West Side te bereiken. Hij respecteert haar manier om opnieuw in contact te komen met de stad, om in stilte en met volle teugen te genieten van de thuiskomst, het weerzien. Vroeger reed ze graag over Broadway, de Cinquième Avenue en door het park, maar sinds het ongeval hadden ze een nieuwe route uitgestippeld om haar de nare herinneringen te besparen.

Ze kan het niet nalaten een steelse blik te werpen in de richting van de struiken die evenwel onzichtbaar zijn. Van angst duikt ze weg in de leren kussens. Ze wordt verlamd door de naargeestige kwelling. Haar snelle hartslag belet haar om te ademen. Neergeknield, met kokend bloed in haar aderen en met dichtgeknepen neus, ondergaat ze die hand die haar dwingt haar opeengeklemde kaken te openen, en de andere hand die haar trui aan stukken scheurt terwijl een knie haar meedogenloos met haar rug tegen de grond drukt. Machteloos snuift ze, mengt haar snot zich met tranen van spijt, woede en ontzetting. Ze schreeuwt onder de hand die haar knevelt, ze schreeuwt onder de vuist die op haar slapen timmert, ze schreeuwt onder de nagels die haar borsten openrijten. De obscene en honende woorden kwetsen haar dieper dan de klappen. De warme, kleverige vloeistof bevuilt haar keel en lippen. Met een verwrongen gelaat van angst en schaamte komt ze uit de bosjes, haar armen om haar lichaam geslagen.

Instinctief slaat ze haar cape om. Op de trottoirs ligt maagdelijke sneeuw.

In een appartement aan de Riverside Drive bezwijkt een enorme kerstboom onder de ballen. Het krachtige groen, bespikkeld met rood en blauw, schittert onder de goud- en zilverkleurige slingers. Tussen de talrijke grote witte sterren flikkeren gekleurde lampjes aan en uit. Aan de voet van de boom waakt een sneeuwpop over een stapel pakjes gewikkeld in glanzend papier. Sommige zijn versierd met gladde strikken, andere met brede linten als rozetten, afgestemd op ieders wens. Felgekleurde, glanzende lintjes decoreren de allerkleinste.

Hij controleert nog één keer de grote hoeveelheid cadeaus. Vol ongeduld en verlangen om haar thuiskomst te vieren zijn al hun vrienden welkomstgeschenken komen brengen. Ze komt terug van een lange reis. Hij wacht op haar.

Gestrand in de modderige delta van haar herinneringen aan de nachtmerrie, haar gedachten verruimd door de kwelling van haar scherpe geheugen en diep verontwaardigd huivert ze in de verstikkende hitte. De stilte is zonder lokroep, zonder hoop. Het zal nooit meer Kerst zijn.

Murielle Lucie Clément

Printer CreateSpace
November 2015